KB189523

나를 만든 건
내가 사랑한
단어였다

나를 만든 건 내가 사랑한 단어였다

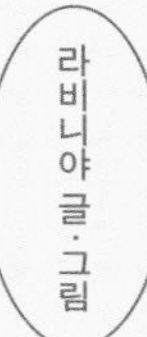

RHK
알에이치코리아

"난 내가 사랑하는 단어들로 완성된 퍼즐 같아."

나는 간혹 이런 말을 하곤 했다. 내 안에는 일상을 견고하게 만드는 단어들이 있었는데, 무엇 하나 졸연한 기회로 얻은 건 없었다. 내게 큰 의미를 건넨 단어는 삶의 방향성을 알려주는 신념이 되었고, 생각의 둘레를 넓혀주는 기회를 건넸다. 이 모든 건 시행착오 속에서 얻은 귀한 것이었다.

우선순위에 두고 싶은 키워드는 허기질 때 꺼내 먹는 초코바처럼 품 안에 새겨 넣고 살아갔다. 대화, 공감, 사랑 등의 단어는 내면에 축적하여 내가 살아가면서 실천해야 할 가치를 이루었다. 때로는 일면의 어려움을 이겨내거나 유연하게 대처할 수 있는 지혜를 얻기도 했다.

어떤 이는 책에서 언급한 단어의 단상에 공감할 수도 있고, 자신에 관한 여러 질문이 나이테처럼 여러 개로 이어지는 경험을 하게 될지도 모른다. 글을 읽다 보면 자신을 이루고 있는 단어가 무엇인지에 대해 자문하며 새로운 답을 찾을 수 있을 것이다.

나를 이루고 있는 단어를 찾는 건 삶의 밑그림을 새롭게 그리는 일이다. 자유로이 선을 그어 가다 보면 나다운 무언가를 완성할 수 있다. 어떤 그림이 완성될지, 무슨 색으로 칠할지 미리 정해둘 필요는 없다. 자신의 일상에 활력을 불어넣고, 생기를 마련해주는 단어가 빈 공간을 색색으로 채워줄 것이다. 휘청이는 마음을 다정한 손길로 붙들어 주거나 위축된 어깨를 다독여주는 소중한 단어의 기록이 마음의 어두운 그림자를 노란빛으로 찬연히 물들여줄 수 있기를, 자신에게 애정을 쏟는데 도움을 주는 글로 기억되기를 바란다.

차례

3부 나를 지탱하는 말들

4부 누군가에게 건네고 싶은 말들

{ 1부 }

한결같이 떠올리는 말들

#경험 #계획 #공감 #기다림 #산책
#솔직함 #혼자 #그럴 수도 있지

공감

경험

내가 보고 느낀 게 전부가 아니라는 것을

깨닫기 위해 꾸준히 쌓아가야 하는 것.

경험

호캉스라는 말은 익숙했지만 실제로 해 본 적은 없었다. 하루에 30~40만 원, 많게는 100만 원 이상의 비용을 치르는 건 경제적 여유를 누리는 사람들의 값비싼 취미라고 생각했다. 그 돈이면 여러 지역을 분주히 누비며 여행할 수 있을 텐데, 방 안에서만 시간을 보내는 데 큰 비용을 지출하는 건 가성비가 좋지 않았다.

온종일 호텔에서 묵는 게 뭐가 즐겁지? 호캉스를 해본 적 없던 때의 의아함은 언니와 명동에 있는 호텔에 놀러 간 뒤 바뀌었다.

5성급 호텔은 아니었지만 호캉스를 처음 해본 나에겐 신성한 공간이었다. 구김 없는 깨끗한 침대보와 라운지에서 먹고 싶은 만큼 가져가서 먹을 수 있는 디저트, 와인, 격식 있는 직원들의 서비스는 낯설었다. 호텔마다 여러 프로모션이 있는데, 하필 언니와 함께 갔던 곳은 로맨틱 패키지 프로모션이 적용돼 케이크와 와인이 추가 제공됐다.

명동 성당이 보이는 호텔 라운지에서 저녁을 먹고 푹신한 침대에서 쉬면서 대화를 나눴다. 침대는 안락했고 음식은 정갈했으며 직원들의 서비스도 좋아서 만족스러웠다. 사람들이 인파에 치이는 여행보다 호캉스를 선호하는 이유를 알 것 같았다.

나와 언니는 몽블랑과 와인을 나눠 마셨다. 와인 잔을 부딪쳤을 때 청명한 소리가 뎅그렁 울렸다. 언니는 우스갯소리로 자매끼리 로맨틱 패키지 프로모션으로 호텔에 온 사람은 우리밖에 없을 거라며 웃었다. 와인을 마시며 상기된 얼굴로 즐거워했다. 언니가 잔을 내려놓으며 호텔에 온 기분이 어떠냐고 물었다. 난 왜 사람들이 호캉스를 하는지 이해하지 못했는데, 목적 없는 느긋한 쉼과 훌륭한 서비스가 주는 만족도가 꽤 높다고 대답했다.

“네가 만족했다니 다행이야. 난 오늘처럼 안 해본 시도나 경험을 해보는 게 중요하다고 생각해. 나를 더 좋은 경험으로 이끌어줄 수 있는 사람을 만나고 싶기도 하고. 결국 만나는 사람이 일상의 구획선을 정하는 중요한 역할을 하잖아.”

언젠가 내게 그와 비슷한 말을 했던 사람이 있었다. 그는 내가 글쓰기에 재능이 있다고 믿으며 응원해 주었다. 재능에 확신을 가져본 적 없던 나로서는 타인의 믿음과 신뢰가 과분하게 느껴져 부담이 됐다.

‘그는 내 안에서 무엇을 보고 확신하는 걸까?’

남자는 나를 원석이라 믿고 있지만 내가 지니고 있는 건 과히 대단한 게 아니었다. 알고 보면 나라는 사람은 아무 가치도 없는 싸구려 큐빅일지 모른다. 그 사실이 밝혀졌을 때 상대가 내게 배신감을 느낄까 봐 두려웠다.

그는 다양한 문화 공연을 보여주고, 새로운 책을 읽어보라고 권했다. 여러 예술가들의 작품을 보기 위해 전시회를 자주 다녔다. 그와 처음 봤던 플라멩코 공연이나 백조의 호수는 신선하고 즐거웠다. 그 사람은 내가 여러 경험을 쌓을 수 있도록 돕는 것이 자신의 의무인 것처럼 굴었다.

"넌 글을 쓰는 사람이니까 다양한 경험을 해야 해. 좋은 경험들은 네가 앞으로 작품을 쓰는 데 도움을 줄 거야."

내 안에 있는 게 진귀한 보석인지 조약한 플라스틱 조각인지 그 사람은 재보지 않고 확신했다. 그 후에도 몇 차례 누군가를 만나기도 했지만, 내 재능을 믿어주거나, 영감을 건넬 만한 좋은 경험을 선사해 주려고 애쓴 사람은 없었다. 내가 당장 로베르 르빠주의 1인극 '887'을 본다고 해서 대단한 작품을 창작할 수 있는 건 아니지만 보고 느낀 것은 사라지지 않는다.

나는 그 시기에 보았던 여러 전시와 공연과 책들을 때때로 상기했다. 그 경험은 명소에서 찍은 기념 사진처럼 남아 있었지만, 시간이 흐른 뒤에는 문득 떠올랐다.

'그는 내가 보지 못한 어떤 것을 내 안에서 발견했을까?'

나는 남은 몽블랑을 마저 먹었다. 크림으로 감싸고 있는 몽블랑을 반으로 가르자 진주처럼 크고 달콤한 밤이 숨어 있었다.

'그 사람도 내 안에 이런 달콤하고 대단한 무언가가 있다고 생각한 거겠지.'

경험의 범위는 다양하게 나뉠 수 있는데, 새로운 공간을 가거나 낯선 사람을 만나는 일, 좋은 감정을 쌓아가는 것도 그중 하나가 될 수 있다.

과거에는 부정적인 결론 도출 방식에 자신을 대입하는 데 익숙했다. 다른 사람과 비교하며 높아진 열등감이 근저에 자리 잡은 상태를 방치해 두었지만, 여러 경험을 통해 어두운 일면을 정결하게 다듬었다.

근접해보지 못한 세계에 발을 들이거나 해보지 못한 일들을 경험하며 부정적 과거에 머물지 않게 됐다. 나 자신을 바라보는 시선도 각별해졌다. 그간 내가 경험한 것보다 더 나은 삶이 있다는 것, 전에 만난 인연보다 더 좋은 사람을 만날 수 있다는 지점까지 생각할 수 있는 여유를 갖기까지는 시행착오가 있었다.

내가 보고 느낀 것만이 전부가 아니라는 걸 깨닫기 위해서는 좋은 경험을 쌓아나가야 한다. 정서적 경험이든, 실제 생활의 윤택한 경험이든. 좋은 경험의 블록을 부정적 기억과 맞바꿔 견고하게 쌓아나가는 게 나를 더 나은 사람으로 만들어가는 방법일 것이다.

새벽까지 오갔던 대화 내용이 구체적으로 기억나지 않지만, 첫 호캉스는 밤크림처럼 달콤한 인상으로 남았다. 문득 떠오른 기억 속 한 사람이 내게 남긴 경험의 가치를 헤아렸던 그 밤을 지금도 가끔 떠올린다.

그땐 가만히 있어도 나를 좋은 곳으로 이끌어주는 사람이 있었지만 그 존재가 언제까지고 내 곁핍을 보듬어 줄 수 없다는 것을 알게 됐다. 그런 이가 곁에 없더라도 삶은 더 나은 방향으로 이어져야 하며 좋은 것을 경험할 자유를 자신에게 허락할 수 있어야 한다.

물론 나를 데리고 즐거운 경험과 추억을 만들어나갈 궁

리를 하는 존재가 있는 건 그 자체로 고맙다. 이타적인 배려를 자처하는 타인을 가까이에 두는 건 뜻밖의 행운이지만 그만이 나의 유일한 통로가 되어서는 안 된다. 안내된 경험과 제시된 일에 기대어 가는 것에 익숙해지면 그가 마련한 세계에 갇혀 새로운 길에 뛰어들 수 있는 자발적 의지를 발휘할 수 없다.

난 내 자신을 더 나은 방향으로 나아갈 수 있는 힘이 내게 있었으면 좋겠다. 나는 새로운 곳에 가고, 낯선 이를 만나고, 읽어본 적 없는 새 책을 펼치는 일이 즐겁다. 이 한 번의 시도가 내게 좋은 영향을 끼치고 생각의 전환이나 감명을 줄 수 있다는 것을 알고 있다.

사람은 경험한 만큼 세상을 이해하고 인식한다. 부정적 생각은 부정적 경험의 산물이다. 그러므로 불운한 기억을 전복할 수 있는 긍정적인 경험을 해나가야 한다. 그건 나의 세계를 넓히는 일이기도 하다.

내게 아무 재능이
없다고 생각한 적이 있다.
나보다 훨씬 유능하고
재능 있는 사람은 많아.
난 부족해.
Dream

넌 분명 네가
원하는 걸 이루어낼
재능과 힘이 있어.
정말 그럴까?
그때, 그 친구는 나를 믿어주었다.

몽블랑을 먹다가 문득
그 친구의 격려가 떠올랐다.

그때 그 말처럼 내 안에도
이렇게 달콤하고 근사한
무언가가 있을까?
큰밤有
몽블랑을 먹으며 생각했다.

계획

불안을 안고 흘러가는 대신

내 힘과 의지로 해결하기 위해

대비하는 행동의 힘.

계획

인생이란 낙관하고 있다가는 뒤통수를 맞는 일을 마주하는 게 다반사였다. 젠장. 뭐 하나 계획대로 되는 게 하나도 없다. 투덜거리는 것 외에 아무것도 하지 못하는 건, 작은 좌절과 실패에도 무력감을 느끼는 나의 성미 탓이다. 계획대로 이루어지지 않는 건 마땅히 그럴 수 있다 해도 예상 가능한 범위 내의 위기와 어려움만 소급해서 주어지면 좋겠다. 신화나 전설에 나올 법한 영험한 힘으로 문제를 해결하거나 시기적절한 때 필요한 것이 주어지는 순조로운 전개는 결코 이루어지지 않는다는 것 정도는 아는 현실주의자지만, 그렇다 한들 예견하지 못한 불운이나 갈등엔 여전히 마음이 쓰인다.

“난 그저 계획한 것의 반의반이라도 이루면 좋겠어.”

푸념하는 내게 친구는 신랄한 조언으로 응수했다.

“이전저런 계획을 세운다 한들 완벽한 대비를 할 수 있을 리 없지. 계획대로 술술 이루어지면 사람들이 다 계획만 세우고 있게?”

친구의 말은 계획을 실천하는 것보다 완벽한 계획표를 만드는 능력이 뛰어난 나를 지적하는 말이었다. 나는 방학 때마다 스케치북을 펼치고 컴퍼스로 완벽한 원을 그렸다. 피자 도우를 닮은 둥근 원을 한 시간 단위로 쪼갠 뒤 공부와 독서 시간을 하루에 5시간, 칫솔질하는 시간을 1시간으로 배분했다. 중간에 자유 시간은 형식상 1시간으로 표기했다. 비현실적 계획은 실천으로 이어지지 못하고 개학을 맞는 일이 부지기수였다.

"계획이란 지켜지지 않을 거라는 사실을 자각하기 위해 세우는 건지도 모르지."

친구는 계획의 허점을 지적하며 재미있다는 듯 웃었다. 그 말에 쓴웃음을 지으며 끄덕였다. 계획이란 그렇게 될 리 없는 현실을 확인하기 위해 어김없이 만든 틀린 답안일지도 모른다.

"생각대로 되지 않는다는 것을 아는 데도 계획을 세우는 건 우연에 인생을 맡기고 싶지 않기 때문이기도 해. 누구든 주어진 범위 안에서 될 대로 되라는 식으로 나 자신을 방치하고 싶지는 않을 걸?"

계획 꽤나 세워본 나는 계획을 세우는 일이 무용하다는 친구의 말에 아닐 수도 있다고 답했다. 생각과 계획의 범위에서 탈주한 다이내믹한 인생에 관심이 없는 내가 진짜 원한 건 예상 가능한 전개로 흐르는 고루한 평화였다.

근사하고 대단한 일이 천공에서 떨어지는 우연보다 중요

한 건 앞으로의 나날들이 간극 없이 흘러가는 것이다. 떠들썩한 즐거움과 굉장한 이벤트는 꾸준히 유지될 수 있는 평화가 아니다. 내가 바랐던 건 마음과 환경과 성과의 일관됨을 갖춘 온건한 무엇이었다. 보편적인 사람들이 꿈꾸는 성공이란 무탈한 일상과 차지도 넘치지도 않는 평범함이라 생각한다. 그조차도 보장받기 어려운 세상이니 사람들은 노후 대비에 힘쓰고, 은퇴 이후의 삶에 대해서도 미리 계획과 준비를 하는 것이다. 계획 없이 알 수 없는 곳으로 막연히 흘러가는 인생이란 낙관하기에 두려운 불안이 잠재한다.

"생존을 위한 본능적 행동일 수도 있어 계획은."

나는 이루지 못할 의미 없는 계획을 열심히 세우던 여인을 생각하며 말했다. 한강의 소설 《작별》 속 그녀는 눈사람이 된 뒤로 아들이 있는 집으로 돌아가지 못한 채, 거리를 배회한다. 닿기만 해도 녹는 자신의 몸에 소멸의 위기를 느끼지만 한편으론 녹고 부스러질 때의 통증을 느끼지 못하는 눈사람의 무감각에 안도한다. 그녀가 진짜 두려워했던 건 죽음이 아닌 계획대로 이루어질 리 없는 불투명한 미래였다.

《작별》의 그녀처럼 나도 삶을 어떤 방식으로 꾸려갈지 계획한다. 그게 친구의 말대로 '계획에 그칠 무용한 행위'라 할지라도 말이다. 앞으로의 인생이 어떻게 전개될지 알 수 없으니 불안 요소를 미리 예상하고, 그를 대비할 방법을 구체화한다. 내 힘과 의지로 해결할 수 있는 범위의 문제는 대비해둘 필요가 있다.

> 불운은 사고와 같아서 미리 알고 피할 순 없지만 벌어진 상황에 대한 대처와 그 이후의 행동은 내 힘으로 정할 수 있다.

계획 없이 서점에
방문하는 것을
좋아한다.
why
신간 코너에서
따끈따끈한 새 책을
읽다 보면
new book
mind

BOOK
찾았다,
내 취향에
맞는 책!
계획에 없던
새로운 세계를
만나게 된다.

공감

혼자인 삶에 누군가 자기도

그럴 때가 있다는 다정한 대답.

공감

책 읽기를 좋아하는 H는 위키 백과에서 관심 분야에 대한 정보를 찾아보거나, 주변에 밀집한 인간 군상을 관찰하는 것을 좋아했다. 탐구적인 면모를 지닌 그녀와 이야기하는 건 유익하고 즐겁지만, 때로는 논쟁에 참여하는 게 지칠 때도 있었다.

나와 H는 반대 성향이었다. 그녀는 어떤 문제를 마주하든 합리적 이유와 의미를 찾는 데 집중했다. 그와 달리 나는 감정의 동요가 잦은 다분히 정서적 인간이었다. 다른 성향을 가진 두 사람이 유대 관계를 긴밀하게 갖는 건 이롭지 않다. 다만 거리를 두고 가끔 만나는 건 좋아서 그런대로 가깝게 지냈다.

얼마 전 H와 '공감'이라는 주제로 대화를 나눴다. H는 공감의 방식에 인지적 공감과 정서적 공감이 있다는 말을 서두로 직장 동료에 대한 일화와 고민 끝에 얻은 결론을 말했다.

"회사에서 동료 한 명의 태도가 차갑게 변했어. 말투라던가 행동이 묘하게 달라져서 신경 쓰였는데, 최근에 그녀가 어떤 유형인지를 깨닫고 그 행동을 납득했어. 이런 걸 보면 난 인지적 회로를 통해야만 공감할 수 있나 봐. 정서적으로 동화해서 수긍한 적은 없었어."

동료의 행동에 불쾌감을 느끼던 H는 한동안 그녀의 언행을 면밀하게 관찰했다. H의 말에 따르면 그 동료는 평소에도 지위나 권위를 지닌 이들에게 인정받는 것을 중시했다. 입사 초기에는 신중하게 거리를 두고 조직의 상하 관계 등을 먼저 파악했고, 회사 분위기를 간파한 뒤에는 자신에게 유익을 줄 만한 인물에게는 깍듯하게 예우를 차리고, 직급이 낮거나 비슷한 동료에게는 그와 다른 언행을 일삼았다고 한다.

H는 동료의 달라진 태도보다 자신의 불쾌감이 어디에서 기인한 것인지 파악하는 게 더 중요했다고 말했다.

"사람은 저마다 갖고 있는 캐릭터성에 걸맞게 행동해. 자신의 욕망과 필요에 의해 사고하고 움직이지. 감투나 권위에 기대는 게 그 사람의 욕망이고 생존 방식이라는 걸 알게 된 뒤에는 문제될 게 없었어. 자신의 방식에 충실한 행동이라는 걸 이해했거든."

H는 동료의 행동 변화 이유를 간파한 뒤로는 개의치 않는다고 했다. 난 동료의 태도가 바뀐 이유를 납득하더라도 마주치는 것 자체를 껄끄럽게 느꼈을 것 같은데, H는 관심을 거두고 신경 쓰지 않았다. 공감이라는 결론에 도달하는 절차가 까다롭고, 인지 과정이 단박에 이루어지지 않지만 앎과 이해에 도달한 뒤에는 명쾌하게 수긍하는 면이 신기했다.

난 더운 김처럼 무럭무럭 일어난 감정에 쉽게 동요했다. 타인에게 공감함에 있어 인지적 과정이 없어도 수월하게 이해하는 편이지만 감정적 호소에 지나치게 약했다. 인과관계에 집중하여 객관적으로 문제를 파악하지 못하고 감정이 앞서는 건 문제였다.

공감은 방식에 따라 분류할 수 있지만 목적에 따라 긍정적 공감과 실리적 공감으로 나눌 수 있다(이는 자의적으로 분류하여 이름 붙인 것이다). 긍정적 공감은 타인을 알아가며 가까워지기 위한 정서적 교류를 위해 필요하다. 하지만 실리적 공감은 타자와 부딪힐 때 느끼는 갈등과 불편함을 피하기 위해 갖춰야 한다. 일종의 신경 끄기의 기술이라고 보면 된다. 그 사람은 나와 다르다는 것에 대해 수긍하되 억지로 끼워 맞추거나 환심을 사려 애쓰지 않고, 적절한 거리를 둔다.

공감이란 혼자인 삶에 누군가가 자기도 그럴 때가 있다고 대답해주는 것과 같다. 내가 그 사람이 될 수 없고, 상대가 나를 완벽하게 이해할 수도 없다. 타인은 나와 다른 세계라는 것을 인정하고 받아들이는 게 정서적 공감의 시작이다.

나는 그를 모른다. 그러므로 알기 위해 노력하는 지점에서 대화를 시도하다 보면 공감하고 이해할 수 있다. 완벽한 이해에 도달하지 못해도 괜찮다. 타자의 세계를 헤아리기 위해 애쓰는 시도는 그 자체로 소중하고 고마운 일이다.

격어보지 않으면
알 수 없는 건 당연해.
누군가를 백퍼센트
이해할 순 없잖아.

그렇지만 그게
어려운 건가?
난 그저 공감과
위로를 바랐을 뿐인데….

그러고 보면…
나는 누군가의 고민에
귀 기울이고 공감해준
적이 있었나?
곰곰~

공감받기를 원하면서도
정작 내가 먼저 상대의
마음을 헤아리려고
한 적은 없었구나….
속상함을 뒤로 하고
나를 돌아본 하루.

기다림

내가 지금 살아 있음을

수긍하게 만드는 증거이자

사랑하는 대상을 향한 소망.

기다림

황지우 시인의 시를 좋아한다. 좋아하는 시는 '뼈아픈 후회'지만 제일 유명한 시를 꼽으라면 '너를 기다리면'일 것이다. 이 시가 여러 사람들에게 사랑받는 이유는 누구나 한 번쯤 무언가를 애타게 기다려본 경험이 있기 때문일 것이다.

기다림은 마음을 달뜨게 하고, 작은 일렁임을 만들어내며 오래도록 지속되면 심연의 소용돌이가 커지기도 한다. 와류하는 감정이 마음을 침범하면 그 대상 외에 다른 것들을 떠올리지 못한다. 기다리는 그 존재가 머릿속을 지배하여 다른 생각이 끼어들 여유가 없어져 버린다.

열병처럼 앓던 첫사랑을 떠올려만 봐도 그렇다. 그가 교문으로 들어설 때를 기다리며 운동장 주변을 맴돌 때의 설레던 기다림, 연인과 다툰 뒤 그의 연락이 오길 기다릴 때 핸드폰을 수십 번씩 열어보던 자존심 센 기다림. 내가 원하는 꿈이 이뤄지길 바라며 성취를 향해 나아가는 기다림.

모든 기다림에는 소망이 깃들어 있고, 그 바람이 이루어졌을 때의 기쁨을 상상하며 지속한다. 언제 올까 기다리며 애타는 마음, 마침내 이루어졌을 때를 떠올리며 그리는 벅찬 상상.

"살아오면서 내가 기다렸던 것들은 무엇이었을까. 난 무엇을 그리도 애타게 바라고 원했을까."

나의 첫 번째 기다림은 아빠였다. 어렸을 땐, 아빠가 퇴근하고 돌아오기를 기다리며 문에 귀를 가져다 댔다. 문틈으로 차 엔진 소리가 들리면, 마당 앞에서 아빠의 차가 후진하며 주차 중이라는 뜻. “와, 아빠다!” 방금 전까지 미동조차 없던 내 표정이 상기된다. 예상대로 묵직한 구둣발 소리가 들린 뒤 문고리가 돌아간다. 문틈으로 바깥 풍경이 일부 보이다 마침내 활짝 열린다.

와락, 아빠의 품에 안기자 차가운 바람과 화한 알코올 내음이 풍겼다. 익숙한 아빠의 냄새에 편안함을 느낀다. 아빠의 두 손에는 내가 좋아하는 과자나 치킨이 들려 있었다. 난 간식거리를 받아들고 환하게 웃었다. 마치 갓 튀긴 치킨이나 달콤한 빵이 기다림의 보상이라도 된다는 듯.

나는 기다리는 게 어렵고 싫었다. 기약 없이 무언가를 바라는 일이 황망하게 느껴졌다. 상대방의 연락이 오기를, 그가 내게 애정을 증명해 주기를 바랄 때는 마음의 비루함을 느끼며 몇 번이고 여진이 이는 마음을 주체하지 못해 울었다. 내 기다림을 알아주지 않는 존재를 대할 때면 다짐했다. 다신 무언가를 기다리지 않겠다고. 무언가를 기다리지 않는 게 마음의 피로를 더는 일이라고.

그러던 어느 날 친구가 내게 일출을 보러 가자고 제안했다.

매일 해는 뜨고, 기다리지 않아도 휘영청 달은 하늘에 머문다. 나는 무미건조한 어투로 아침잠을 포기하며 해가 뜨는 풍경을 보러 가고 싶지 않다고 했지만, 맛있는 영덕 대게를 먹자는 제안에 못 이기는 척 넘어갔다. 나는 일출보다 대게를 먹을 기대에 부풀어 있었다.

친구의 차를 타고 어둑한 새벽, 목적지로 이동했다. 서너 시간을 달려 도착한 바다는 어둠이 감돌았다. 우린 한동안 흑색 바다와 까만 하늘을 차창으로 주시했다. 약간의 지루한 졸음이 몰려올 때쯤, 창으로 스미는 빛이 예사롭지 않았다.

친구와 나는 차에서 내려 바다 앞에서 태양이 떠오르는 광경을 지켜볼 준비를 마쳤다. 짙은 새벽, 어둠 속에서 점점 차오르는 빛을 마주하자 저절로 감탄이 나왔다. 오랜만에 보는 일출이 너무도 아름다워 말을 잇지 못했다.

"기다린 보람이 있지? 기다림 끝에 맛볼 수 있는 풍경이야. 기다리지 않았다면 만끽할 수 없는 아름다움."

살아 있는 것들은 무언가를 기다린다. 지금 내가 본 풍경처럼 찬란한 어떤 때를 간절하게. 텃밭의 씨앗은 움틀 때를 기다리고, 농부는 추수 때를 고대하며 곡식이 실념되기를 기다린다. 누군가는 사랑하는 가족들을 기다리며 맛있는 끼니를 준비한다. 나 또한 살아 있는 동안 계속해서 어떤 풍경을, 누군가와의 만남을, 도래할 새로운 계절을 기다리며 살아갈 것이다.

어쩌면 기다리던 대상을 만났을 때보다 기다림 그 자체가 더 큰 의미를 담고 있을 수 있다. 그 기다림의 끝에 만난 대상은 현재를 살아가고 있기에 마주할 수 있는 어떤 소중한 행운일 테니까.

안녕! 내가
키우던 화분이
훌쩍 자랐어.
보러 올래?

자, 이것 봐!
잘 자라주었어.
많이 컸다!
기다린 보람이
있구나!

잭과 콩나무처럼
계속해서 쑥쑥
자랐으면 좋겠어!
그렇게 되긴
어렵지 않을까….

기다린 보람이 있어.
뿌듯해. 앞으로도
잘 자라주렴.
흐-뭇

산책

마음의 짐을 해소하고

자신을 방목하는 시간이자 여행.

산책

누군가와 급격히 마음의 거리가 가까워진 건 밀폐된 카페나 식당이 아니라 발맞춰 숲길이나 공원을 걸으며 대화를 나눌 때였다. 창문으로 바깥 풍경을 보는 건 아름다운 그림을 감상하는 느낌이다. 풍경을 바라보는 것도 좋지만 직접 거니는 건 더욱 즐겁다. 잘 다져진 양지를 발맞춰 걷고 벤치에 앉아 나란히 같은 곳을 보는 일. 바람 소리와 발자국 소리, 새소리, 지나가며 나누는 사람들의 웃음소리가 어우러져 생동감 있는 수채화 빛으로 주변이 물든다. 친구와 걷는 산책길도 좋고 고즈넉하게 혼자 걷는 것도 좋다. 시간을 정해 두지 않고 마냥 걸음을 옮길 때의 정처 없음은 한만한 여유를 건네준다.

모든 일을 명료하게 끝내야 한다는 강박에 빠진 때가 있다. 행위 자체가 목적이 되는 일이 삶에서 몇 가지 없을 땐 무작정 걸었다. 무라카미 하루키가 소설 쓰기에 몰입한 것만큼 열심히 달렸던 일을 떠올리며 나는 뛰는 대신 혼자 걸었다. 잘할 필요 없고, 하고 싶은 만큼 할 수 있다. 언제든 시작할 수 있는 것 중 제일 만만한 건 산책이었다. 운동화를 신고 가볍게 걸을 때 홀가분했다.

산책은 마음의 짐을 해소하여 나 자신을 방목하는 시간이다. 해치운다는 느낌으로 모든 걸 깔끔하게 끝낼 수 있으면 좋겠지만, 일도, 인간관계도 수월하게 풀리지 않았다. 매일 주어지는 시간을 버텨내고 있다는 무력감을 느낄 때는 내가 살아가고 있는 건지, 살아내는 건지 고민했다. 오로지 내 문제라면, 스스로의 힘으로 바꿔 나가면 되지만 인간관계는 타인과 연결되어 있으니 함께 풀어야 했고, 업무 또한 혼자만의 노고로 해결되지 않았다.

타인과의 이견으로 마음의 시름이 깊어질 땐 모든 이들이 나와 같을 수 없다는 사실을 버릇처럼 되뇐다. 나라는 인간은 조급한 성미로 무엇이든 빨리 해치우고 싶어 한다. 상황을 지켜보고, 기다리며 다른 이들과 맞춰 가는 것이 어렵다. 문제에 골몰하면 상황에 매이고, 마음은 고립된다. 감정이 이성적 판단을 앞설 땐 마음의 소리에 귀 기울이며 자신을 되짚어본다. 성급한 마음으로 문제를 해결하고 싶어 하진 않는지, 폭력적인 시선으로 사람들을 재단하고 있지 않은지에 대해서.

타인의 속사정이나 마음을 헤아리는 일은 어렵지만 넘겨짚는 것만큼 해로운 건 없다. 내가 미처 발견하지 못한 사정과 이유가 저마다 있다는 것을 잊어서는 안 된다. 타인을 고치거나 내가 원하는 방향으로 바꾸려는 시도는 승자를 가릴 수 없는 싸움을 이어가는 것과 같다. 그 노력을 다른 방향으로 사용하기로 생각의 노선을 바꾸었다. 협의점을 찾기 위한 노련한 대화와 마음의 둘레를 완만하게 넓히기 위한 시도에 힘쓰자. 그 결론은 산책을 통해 얻은 반성적 자각이었다.

이견과 갈등을 조율하고 불안을 제어하면 비로소 원하는 결과에 도달하는 기쁨과 보람을 얻기도 할 테니까.

순조롭지 않은 전개와 매듭짓지 못한 일과 열린 결말로 중지된 관계는 힘들지만 별 수 없다. 내 맘대로 척척 진행되는 일이 없다는 건 지극히 당연하다. 혈기가 일렁일 땐 좋아하는 풍경 속으로 뛰어드는 게 내게 허용된 유일한 선택의 자유였다.

계절의 흐름이 느껴지는 아침저녁의 다른 풍경을 보며 마음의 잡념을 털어버린다. 조급함을 다스리는 이성적인 자아가 내 안에서 살아 있다는 사실이 내 성숙의 반증이라 위로하며 기다리고 계속 해나간다.

때때로 꽉 막힌 마음의 물꼬를 틀 수 있는 작은 쉼을 허락하지 않으면 예고 없이 터질 위험이 있다. 산책을 통해 마음을 다스리고 내가 놓쳤던 것을 발견한다. 그런 면에서 본다면 나에게 산책이란, 양귀자의 《숨은 꽃》에서 주인공 '나'가 소설을 써야 할 이유를 잃고 방황할 때 김제로 떠났듯 짧은 여행과 같다. '나'가 여행 중 소설 쓰기에 대한 회의와 피로의 답을 찾기 위해 고민했던 것처럼, 나 또한 산책을 통해 내면을 들여다보고 문제에서 한 발 물러설 수 있게 된다. 그 여정의 도착지는 결국 나 자신.

다시 내 안으로 복귀하는 노정을 반복적으로 겪으며 열심히 걷는다. 산책이란 그런 점에서 여행이자 사유다.

해 질 녘이나 늦은 저녁
산책하는 것을 좋아한다.
선선해서
걸기 딱 좋다.

밤 산책이 좋은 점은 시원한 밤공기와
한적한 거리, 밤하늘의 달을 볼 수 있다는 것.
날씨가 좋아서
달이 잘 보여!

가로등 불빛도
예뻐.

밤하늘과 어울리는
감성적인 음악을
듣는 것도 좋아.
집 가는 길에는
아이스크림
사갖고 가야지.

\# **솔직함**

진심이 닿아야 하는

결정적인 순간 발휘해야 할 힘.

솔직함

"내가 왜 사과해야 하는지 이해할 수 없는데도 입은 벌어지고 고개가 저절로 숙여졌어. 상황을 모면하거나 관계를 어그러뜨리지 않으려면 어쩔 수 없으니까. 그렇지만 억울해. 억울하고 분해. 좋은 척 괜찮은 척 알은척 행동하며 상황에 순응하는 내가 싫어."

A는 회사에서 있었던 일을 터놓으며 답답함을 호소했다. 새로운 프로젝트를 맡게 된 A는 초기 회의 때와 다른 방향을 제안하는 광고주와 갈등을 빚었다고 한다. 에둘러 말하

는데 재능이 없는 그녀는 초기 방향성과 달라진 콘셉트를 수용하는 게 어렵다며 문제를 제기했다. 마감 기한은 고정되어 있는데 반복무상하는 광고주의 비위를 맞춰주느라 일의 진척이 없는 게 문제였다. 감정이 상한 광고주 측은 A에 대한 노골적인 불만을 제기했고 회사 매출에 상당 부분 영향을 줄 수 있는 중요 프로젝트였으므로 A는 불편한 심기를 감추고 고개를 숙였다.

"위선적인 사람을 싫어하는데 나도 그렇게 변해 가고 있어."

A는 자기 생각과 감정을 뚜렷하게 표현하는 사람이었다. 어떤 이는 그녀가 호방하고 뒤끝이 없다며 좋아했고, 또 어떤 이는 배려 없는 언행이라며 부담스러워했다.

난 A의 솔직함을 보기 드문 귀한 것으로 여겼다. 적당히 꾸며 말하거나 둘러댈 줄 모르다 보니 말끝이 예리하거나 날카로운 때가 있지만 휘어지거나 흔들리지 않는 강직함이 좋았다. 자존감의 훼손이나 부당한 처우에 민감한 내가 직장에서 커피 심부름에 불만을 표하거나 해고한 학원을 노동청에 신고했을 때도 A만큼은 옳은 선택이라며 지지해주었다.

A는 자신의 결함과 부족한 점에 대해서도 충분히 고민할 줄 알며 겉으로 포장하거나 위선을 떨지 않았다. 결함을 드러내도 멋대로 판단하거나 자신을 위안하기 위해 타인의 불운을 사용하지 않는다는 점도 좋았다. 물론 그녀의 솔직함이 가진 이점도 있었지만 주변 사람들에게 부정적인 오해를 받을 때도 있었다.

"솔직함에 대한 강박에서 벗어나는 과정이라고 생각하는 건 어때. 네 솔직함이 주는 매력은 그 가치를 알아보는 사람에게만 보여도 충분해."

난 그녀에게 진지하게 말했다. 상사에게 호소해도 돌아오는 대답은 "네가 잘못했다"라는 비난이었으니 고개를 숙일 수밖에 없었다는 A는 볼멘소리로 말했다.

"사회생활은 굴욕의 연속이야."

그 말에 나는 피식 웃었다. 일을 하다 보면 의사소통의 어려움이나 기획에 관한 다른 방향성, 변덕스러운 클라이언트의 요구에 부딪힐 때가 있다. 혼자하는 일이라면 나의 기준으로 맺고 끊을 수 있지만 회사에 소속되어 하는 일에는 내 생각과 감정이 업무의 판단 기준이 될 수 없다. 도맡고 싶지 않은 업무도 회유를 가장한 회사의 압박으로 진행해야 할 때가 생긴다. 공적 업무를 위한다는 명목이나 불편한 관계를 만들고 싶지 않다는 이유로 적당한 위선을 가장한다. 사회적 관계망의 원활한 조율을 위해서는 감수하거나 피곤한 일을 만들지 않기 위한 수비적 가식을 발휘해야 할 때도 있다.

솔직함은 때에 따라 발목을 붙잡는 약점이 된다. 부당한 처우의 개선을 위한 합리적인 문제제기를 하는 태도는 필요하지만, 불평불만으로 치부될 수 있는 경우를 구별하지 못하고 매사에 당당한 건 자신에게 유리한 태도는 아니다. 솔직한 모습을 보여주어야 한다는 것도 일종의 강박일 수 있다. 입바른 소리와 충언도 들을 만한 자들에게 해야 효력을 발휘한다. 사회적 관계에서 통용되는 빈말과 위선에 진력이 날 때면 자신에게 질문을 건넨다.

'나는 과연 정직한 사회를, 거짓 없는 솔직함을 받아들일 준비가 되었는가?'

그 질문에 대해 자신 있게 '그렇다'는 대답이 나오지 않는다. 가령 다른 회사 면접을 보러 가기 위해 연차를 내는 상황에서 타 기업의 면접을 보러 간다고 당당하게 말한다면? 팀 회식이 있는 날 참여하고 싶지 않다며 솔직하게 말하고 퇴근한다면? 같은 회사에서 교제하는 남자 친구가 있을 경우 둘 사이를 밝히고 회사 생활을 한다면?

솔직함은 언제 어디서든 활용할 수 있는 만능 도구가 아니다. 적절할 때 사용하지 못하고 남용하면 고지식하거나 융통성 없는 사람으로 보이거나 진심이 곡해되어 상처를 받을 수 있다. 기탄없는 솔직한 대화는 갈등의 해결이나 개선에 목적이 있는데, 오히려 나를 찌르는 독으로 작용하게 될 수 있으니 때에 따라 적절하게 드러내야 한다.

난 A에게 분할 것도 억울하게 생각할 것도 없다며 프로젝트를 원활하게 이끌어가기 위해서는 먼저 사과한 건 옳은 판단이었다고 말했다. 속상하고 억울한 마음은 호소해봤자 이해받을 수 없다. 오히려 사회생활이 미숙하거나 자기 고집을 부리는 사람으로 취급받을 것이다. 섭섭한 마음에 대해 터놓을 수 있는 누군가가 있으면 충분하다. 거짓과 위선으로 똘똘 뭉쳐진 사회에서 나도 망가져 간다고 자괴감을 느끼지 않아도 된다. 때론 가식은 진실을 감당할 준비가 안 된 자들로부터 나를 지키기 위해 필요하다. 가식이란 마냥 부정적인 것도 아니며 솔직함이 매번 정의롭고 선한 것도 아니다.

김혼비 작가의 《다정소감》에서 가식에 대한 언급이 공감갔다. 저자는 '서로에게 끝까지 좋은 사람이고자 하는 노력과 노력이 만나 빚어내는 존중과 다정, 가식이 섞여 들어 꾸준히 유지될 때 영원한 위선은 결국 선으로 남을 것'이라고 말했다. 서로에게 좋은 사람이기 위해 불편하더라도 참거나 배려하는 의식적 노력은 부정적인 의미에서만 치부하는 건 적절하지 않다. 위선은 실제와 다르게 꾸며 행동하는 것이니 허위적 가식이라고 생각할 수 있지만 일면은 상대를 헤아리기 위한 선의가 포함되어 있는 경우도 더러 있다.

적당한 위선은 원만한 관계 유지에 필요할 때도 있고 나를 지키는 보호제가 된다. 솔직함이라는 귀한 가치는 받아들일 수 있는 자에게만 드러내자. 세상과 사회와 인간관계를 지탱하는 건 어쩌면 솔직함이 아니라 적당한 위선과 상대가 듣고 싶어 하는 빈말일 수도 있다.

사람과 상황에 따라 솔직함을 잘 활용하면 매력적이고 진솔한 사람이 될 수 있다. 솔직함의 적정선을 지키라고 조언하였지만 난 여전히 A의 솔직함을 좋아한다. 좋은 것을 좋다고 말하고, 싫은 건 싫다고 말하며 위축되지 않는 모습이, 그 정직이 주는 완전무결함이 위로가 된다.

오늘 수업
바꿔 줄 수
있어요?
죄송하지만
선약이 있어서
힘들 것 같아요.
으쓱
내가 급한 일이
생겨서 그래.
솔직히 ○○씨는
자유롭잖아.
당당!
저, 저기…
난 ○○씨와
다르게 핸디캡이
있다고. 육아에
남편까지.
하아 —

나도 중요한
일정이 있다고요….
동료끼리 부득이한
사정 있을 때는
배려해줄 수
있는 거 아니야?
홱
시간
바꿔주는 게
뭐가
힘들다고.

혼자

마음이 공허할 때 억지로

빈틈을 메우기보다 비우는 일,

혼자

혼자 남겨졌을 때 나는 닥치는 대로 무엇이든 하려 했다. 소중한 물건을 잃어버린 뒤 안달 난 사람처럼 빈 시간이 있으면 일부러 약속이나 일을 만들었다. 다시 혼자가 됐다는 사실은 처음 걸음마를 떼는 일처럼 두려웠다.

본래 나는 혼자 밥을 먹고, 좋아하는 전시를 보고, 카페에 가는 것에 익숙했다. 홀로 가볍게 산책을 하거나 자전거를 타는 것, 집 근처의 산에 오르는 것도 즐겼다. 그 모든 일을 단독으로 하는 것이 못 견디게 싫거나 청승맞게 느껴본 적이 없다. 지난하게 생각이 많은 나는 신경 쓸 거리가 많은 관계는 단출하게 정리하고 자신에게 집중하는 것을 더 좋아했다. 불과 얼마 전까지만 해도.

분명 과거의 나는 그러했는데, 지금 내가 이런 공허함을 느끼게 될 줄은 상상도 못했다. 내가 원하는 대로 할 수 있다는 게 설레기보다 함께였던 존재가 사라졌다는 사실이 무서웠다. 나조차 이 변화가 당황스러웠다. 내가 느끼는 이 공허는 어디서 오는 건지 그 경유를 알 수 없었다.

난 눈을 뜨면 청소를 하고, 밥을 챙겨 먹고, 억지로 일을 하고, 친구들에게 연락해서 여러 약속을 잡았다. 혼자 할 줄 알았던 일들을 이젠 누군가와 하지 않으면 불안했다. 조금만 눈을 돌리면 산산이 조각난 관계의 잔해가 주변에 낭자해 있었다. 그 기억을 떠올리고 싶지 않았다. 이 무료하고 적막한 시간을 함께할 수 있다면, 지나가는 길고양이라도 상관없었다. 누구라도 곁에 두어야만 직성이 풀렸다.

그와 내가 뒤섞인 일상의 색을 다시 나의 색깔로 덧입히기 위해서는 꽤 많은 시간과 의식적 노력이 필요했다. 안절

부절못하는 나를 보며 오랜만에 만난 지인은 말했다.

"넌 원래 혼자서도 잘했어. 남자 없이 잘 살던 애가 왜 남자 없으면 죽을 것처럼 구는 거야."

가까운 지인의 눈에 비친 나는 더 이상 혼자서는 잘 살아가는 사람이 아니었다. 전혀 다른 타인의 생활과 취향의 합을 맞춰가는 것에 익숙해지면서 단순하지만 명확했던 내 생활을 잃어버리고 말았다. 당장은 마음에 들이닥친 외로움을 몰아내기 위해 부지런히 사람들을 만나지만 매일 그들을 붙들고, 애원할 수도 없었다. 그들의 도움으로 잠시나마 시간을 채워도 혼자인 건 변함이 없었다. 벌어진 상황과 문제를 곱씹어도 내가 그와 남보다 못한 타인이 되어버린 것은 현실이었고, 일상의 톱니바퀴를 규칙적으로 돌릴 수 있는 힘을 기르기 위해서는 안정이 필요했다.

나는 시간의 바람이 내 안에 머물 충분한 시간을 주어야 했다. 외로움과 공허가 들어오지 못하도록 억지로 빈틈을 채우는 게 아니라, 혼자 비워나가는 여러 번의 정제를 거쳐야만 본래 나로 돌아갈 수 있다. 이미 떠난 사람 때문에 시종일관 이성적 대응을 하지 못하는 내 모습이 알량하게 느껴졌지만 한시적으로나마 나를 채웠던 존재가 사라진 것에 대한 결핍감을 인정했다. 난 소중한 것을 잃었고, 충분히 슬퍼할 자격이 있다. 우리가 공유한 시간들이 당연하지 않았음을 알게 되는 동시에 나는 혼자가 되었다는 것을 받아들였다.

그 후 밖으로 열심히 돌아다니는 걸 멈추고 집 안에 머물렀다. 화장기 없는 얼굴과 질끈 묶은 머리로 침대에 앉아 마음의 문을 두드리는 외로움을 의연하게 맞았다. 함께하던 그가 사라졌다는 사실이 허전했지만 혼자인 건 한편으로 홀가분했다. 상대의 감정을 거스를까 봐 눈치를 보거나, 기분을 맞춰줄 일도 없다는 건 겉으로는 좋았지만 이따금씩, 귀중한 것을 잃은 불안한 표정으로 주어진 시간을 견뎠다.

홀가분하다는 건 스스로에게 거는 의연한 위로였다. 이런 상태로는 의욕적으로 새로운 일을 하거나 활력 있게 지내는 게 사실상 불가능해서 누군가에게 의지하고 싶은 마음이 커진다. 그 사실에 대해 조급하게 느낄수록 과거에 매

몰되거나 상대의 연락만 바라며 우울함에 빠진다.

난 밤새 생각을 곱씹다가 아침이 밝으면 침대에 앉아 허망하게 이별을 되새기지 않고 규칙적인 일상의 레이스를 더디지만 꾸준히 달렸다. 멈출 때도 있지만 계속해서 해야 할 일을 해나갔다. 다시 혼자의 시간에 익숙해져야 했으므로.

> 그 사람이 없어도 내 힘으로 일상을 운용할 수 있는 힘을 회복해야겠다는 의지로 살아갔다. 그리움과 쓸쓸함과 홀가분함 사이 어딘가를 배회하면서.

혼자인 게 익숙하지 않을 때
외로움에 쫓기듯 보냈다.
외롭고 쓸쓸해.
누군가 곁에 없어서
그런 걸까?

오지 않을 전화를 기다리고,
.....

폭식을 일삼으며 공허감을
음식으로 채웠지만…

외로움을 이겨내거나
극복해야 할 과제로
생각해서 힘든 게 아닐까.
남는 건 후회와 허탈감이었다.

그럴 수도 있지

생각과 예상을 벗어난 일에 대해
감정적으로 대응하지 않고
넘길 줄 아는 둥근 마음.

그럴 수도 있지

기상청의 날씨 전망은 틀릴 때가 더 많다. 일기예보가 예측이 아닌 예고라면 좋겠다. 강수확률이 높아 우산을 들고 간 날엔 해가 쨍쨍하고, 화창할 거라는 예보와 달리 소나기가 쏟아질 땐 근처 편의점으로 달려가 일회용 우산을 구매했다. 구매한 우산은(잃어버린 우산까지 포함한다면) 매대에 쌓아두고 팔아도 될 정도로 꽤 많았다.

집으로 가기 위해 카페에서 나왔을 때, 비가 쏟아졌다. '아, 비 온다는 말 없었는데 갑자기 왜?' 소란스럽게 쏟아지는 빗소리가 귀를 울렸다. 꽤 오래 사납게 내릴 비가 분명했다. 비가 올 것이라는 예상을 하지 못한 사람들은 다급히 우산을 사러 뛰어가거나 비를 피하기 위해 건물 아래로 모여들었다. 나는 카페 출입구에서 발이 묶인 채 고민했다. 택시를 타기엔 애매하게 가까운 거리고, 온몸으로 비를 맞으며 뛰어가기엔 빗발이 강했다. 편의점에서 우산을 사 올까 싶었지만, 5천 원짜리 비닐우산이 현관 앞에 쌓여 있는 것을 떠올리자 부아가 치밀었다.

"이놈의 비! 일기예보는 도무지 맞은 적이 없네."

그때, 비를 피하기 위해 누군가 건물 쪽으로 다가왔다. 젖은 앞머리를 손으로 툭툭 털어내며 남자가 투덜거렸다.

"왜 또 비가 오는 거야."

그 곁에서 친구인 듯 보이는 다른 남자가 빗줄기를 보며 태평하게 말했다.

"그럴 수도 있지. 한바탕 쏟아지니까 시원하지 않아?"

남자는 빗물에 신발 밑창과 옷이 젖어도 느긋한 모습이었다. 급작스럽게 비가 쏟아져도 차분하게 받아들이는 태도가 신기하면서도, 요란하게 일었던 내 안의 짜증이 과민하다는 사실을 인식하자 감정은 차분하게 잦아들었다. '그럴 수도 있다'는 남자의 말이 상황 자체에 대한 순순한 반응이라 나는 그만 머쓱해지고 말았다. 굳이 투덜거리며 짜증 낼 필요가 있었나, 그저 비가 오는 것뿐인데. 한두 번 정도 일기예보가 틀릴 수도 있는 건데. 역정이 일었던 내면이 단순하고 느슨하게 변했다. 그 사이 남자는 투덜거리는 친구의 어깨를 툭 치며 편의점에서 우산을 사 오겠다고 말했다.

"'그럴 수도 있다'라…. 그래, 그럴 수도 있다."

그가 했던 말을 곱씹으며 나도 우산을 사기 위해 편의점으로 뛰어갔다. 구매한 비닐우산을 펼쳐 들고 집으로 향하며 여러 차례 그 둥글고 평온한 문장을 떠올렸다. 그럴 수도 있는데, 절대 그러면 안 된다는 전제에서 판단하다 보니 투덜거리기 바빴다. 난 내 입장에서 불편하거나 이득이 없으면 거북하게 여겼고, 상황의 변동을 받아들일 줄 몰랐다. 다만 오랫동안 분노하며 혼란스러워했다.

맑은 날이 있으면 흐린 날도 있고, 비바람이 몰아치는 시기가 있는 건 자연스럽다. 그 변화가 내 생각과 다른 판도로 향하는 것에 대해 감정 기복을 겪는 건 모든 일들이 예상 가능한 범위 안에서 이루어져야 한다고 믿는 마음의 몽니가 아닐까. 쏟아지는 소낙비에도 예민한 나와 달리 그럴 수도 있다고 말하던 남자는, 어떠한 가능성이든 열어두는 여유가 있었다.

걸어가는 신발 앞코로 빗물이 후드득 떨어졌다. 우산을 쓰고 있다 해도 사선으로 떨어지는 비를 막기엔 역부족이었다. 바닥에서 튀어 오른 빗물이 옷에도 튀어 흔적을 남겼다.

"뭐, 비 오는 날이니 젖을 수도 있지."

비 오는 걸 싫어하는 내 입에서 혼잣말이 흘러나왔다. 비를 가릴 우산이 있어도 어깨와 신발을 적시는 빗물까지 완벽히 막는 건 불가능하다는 것을 받아들이자 빨리 집으로 가야 한다는 조급함은 사라졌다. 빗방울이 우산 위로 떨어졌다가 미끄러져 바닥으로 하강하는 반복적인 움직임의 유영을 눈으로, 귀로 느꼈다.

"그래, 비가 내릴 수도 있지. 가끔은 흐린 날이 있을 수도 있지. 그럴 수도 있다는 걸 알면 돼." 쏴아- 쏟아지는 빗소리 사이로 나의 작은 말소리가 사그라들었다.

쏴아
오늘 비온다는
말 없었는데….
휙
나
윽, 갑자기
비가 왜…
짜증 나.
누구지…?

짜증 날 것도 많다.
오랜만에
쏟아지니까
시원해서 좋은걸.
헤헤-
뭐 그렇긴 하지만
온통 젖었으니까.
난 모자라도 있는데
넌 다 젖었다.
그럴 수도 있지.
그런 날도
있는 거고.
OPEN

맞아.
그럴 수도 있지.
저벅
저벅
뭐든 내 예상 반경 안에서
벌어지지 않으면 못 견디는 짜증을
빗물에 흘려보냈다.

비를 맞는 건
싫지만
좋다…
개운하게 씻고 나와
빗소리를 듣는 일은
꽤 즐거우니까.

{ 2부 }

어렵지만 필요한 말들

#나 #서른 #대화 #사색 #끝
#사랑 #다정함 #생각이 나서

나

성장과 경험의 과도기에서

생동적으로 달라지는 자신.

나

'내 안엔 내가 너무도 많다'는 조성모의 노래처럼 내면에는 여러 자아가 숨겨져 있다. 평온한 일상에서는 발견되지 않다가 예기치 못한 사건이나 우연을 조우했을 때 낯선 자아와 감정이 발현한다. 내게 이런 모습이 있었나 싶을 만큼 생경한 '나'를 마주할 땐 자신에 대해 알아가는 건 만만한 일이 아니라는 것을 새삼 느낀다.

자아의 다양성에 대해 의식하고 '나'를 보면 낯선 존재를 마주한 것 같다. 일정 거리를 두고 자신을 보며 안심할 때도 있다. 내 안에 어떤 자아가 발동하든 단편적인 것일 뿐, 무엇 하나가 나를 규정하는 답이 될 수 없다는 걸 앎에 대한 안도감이었다. 어둡고 음침한 동굴처럼 부정적인 목소리도 있지만, 발전적인 성장을 도모하는 열정을 발견할 때도 있다. 이 모든 것들이 여러 자아의 다층적인 면이라는 것을 알면 어두운 그림자라고 해서 감출 필요가 없다. '이런 모습 또한 나의 일부야'라고 생각하게 된 걸 보면 내가 제법 어른이 된 게 아닐까 싶다.

고정화된 프레임을 스스로에게 부여할 필요가 없다는 사실이 마음의 평화로 다가온다. 병적으로 짜증스러운 자아, 상처 입지 않기 위해 극도로 날이 선 자아를 인정하되, 그 사이에서 균형을 어떻게 맞출 수 있을지 고심한다. 나의 일면을 타인과 비교하며 심각한 결핍과 상처로 치부하고 시름에 젖는 일도 잦아들었다. 결국 '나'라는 존재는 여러 자아로 구성되어 있으며 다각적 시각으로 바라보아야 한다. 내 안에 내가 너무도 많은 건 실은 별스러운 일이 아니다.

프로이트에 따르면 1차적 나르시시즘 시기에는 유아가 자신의 몸에 집중하는 대상애 시기를 거쳐 소외된 하나의 개체를 이루는 성장 과정을 통해 성인이 된다고 설명한다. 이 시기를 '자아 형성기'라고 한다. 정신분석학적 개념에서의 '소외'는 문학적 또는 감정적 '소외'와 구별해야 한다. 아이가 거울에 비친 자신의 얼굴이나 눈앞에 있는 엄마를 보며 환하게 웃는 건 눈에 보이는 대상을 타인으로 분리하여 보지 못하고 동일시하기 때문이다. 이 시기에는 나와 타인을 구분하지 못한다. 나와 다른 대상을 인식하고 정체성이 발현되는 것을 정신분석학에서는 '소외'라고 표현한다. 이 과정은 자연스러운 의식의 성장을 뜻한다.

'나'와 '타자' 사이의 분리, 즉 자기 정체성의 소외를 경험하고 받아들이는 것은 자연스러운 성장이며 이 과정에 문제가 생기면 대상과 일정 거리를 유지하지 못하고 소유하려는 병적 집착이 발현되기도 한다. 나와 타자 사이를 구별하는 소외는 성인으로 성장하기 위해서는 반드시 거쳐야 하는 것이다. 이 과정에서 주체는 계속해서 변화한다.

라캉은 '고정화되거나 불변하는 주체란 없다'고 말했듯 경험과 배움의 과도기에서 사람은 변화한다. 이때 다양한 자아가 만들어진다. 주체의 변화를 일으킨 일들을 알고 관찰하는 섬세한 시선은 자신을 알기 위해 필요하다.

'나'를 알게 된 뒤에 남는 건 무엇일까?

주체의 다양한 자아와 역동적인 변화를 알면, '나'에 대한 의미가 '너'라는 타자를 이해하는 영역까지 확대된다. 심보선 시인의 '나라는 말'에서 화자는 '나'라는 말을 썩 좋아하지 않는다고 고백하지만, 유일하게 '나'를 숭배할 땐 그 말이 타자의 입을 통해 '너'라는 말로 되돌려질 때라고 말한다. '나'의 존재는 타자를 통해 드러나며 자아의 발현과 성장도 타인이라는 세계에 영향을 받아 생성된다.

'너는 말이야'라고 말하는 타자의 존재를 통해 느낀 마음의 평화는 소외된 자아를 치유하고 마음에 공명을 이룬다. 내가 '나'를 앎의 전제는 '나'에 대한 탐구에서 그치는 게 아니라 '너'라고 분류하는 당신과 나 사이의 간극을 이해하는 것에 있다. 나를 아는 것이 곧 타자를 통해 접점을 찾고, 서로의 소외와 간극을 좁히는 적극적 시도로 이루어진다. 이 시도를 통해 우리는 타인에게 특별한 의미를 부여하고 생경하지만 소중한 감정을 느낀다. 이는 '우정'일 수도 있고,

'사랑'의 형태를 띠기도 한다.

'내'가 나에 대해 알아가려는 시도는 타자를 알기 전 선행되어야 한다. 너를 이해하기 위해, 그리고 우리의 관계를 알기 위해. 오가는 대화와 파편 속에서 서로를 알아갈 수 있는 사유의 조각을 조금이나마 발견하기 위해서 말이다.

요즘 자주
듣는 질문.
너 MBTI
유형 뭐야?
해봤어?
해볼래?
은근히
잘 맞아.
예전에 해봤는데
기억이 안 나네.
난 모른다고
답한다.

넌 내향형인 I일 것 같아. 해보면 알려줘.
응.
흠…
어떤 유형인지 알고 있지만 말하지 않는 건….
사람마다 성향은 천차만별인데… 몇 가지 유형으로 규정하거나 분류하는 게 어쩐지 싫다.

서른

어느 반환 지점까지 달려왔는지

알기 위한 인생의 구간별 표시점.

서른

인생에서 좋은 때라는 건 언제일까. 누군가는 마음껏 꿈을 꿀 수 있는 10대가 좋다 하고, 또 어떤 이는 실패를 해도 훌훌 털고 일어나 다시 시작하는 20대의 열정이 부럽다고 말하며, 경험으로 노련해진 30대의 안정감이 좋다고 말한다. 서른을 코앞에 둔 나는 지나온 시기와 앞으로 맞이할 서른 살이라는 나이의 무게를 저울질해본다.

10대에는 가정과 학교에 억눌려 있었다. 20대에는 새로운 사람과 낯선 일들을 시도하며 나라는 사람이 어떤 성향과 취향을 지녔는지에 대해 찾아갔다. 사회에서 만난 인연이 생겼고, 여러 직무의 일을 시도하고, 누군가와 연애를 하면서 내게 맞는 일과 사람에 대해 알아가게 된 것이다. 시행착오 없이, 날로 먹는 인생은 없다는 걸 느끼며 넘어지고, 깨지고 일어섰다.

20대는 어른의 범주에 분류해주긴 해도 아직은 어리다는 시선이 존재한다. 미숙한 점이 있더라도 너그러이 봐주지만 30대에 아둔함은 나잇값을 못한다는 비난으로 이어질 것만 같았다. 20대가 어른 흉내를 내는 정도였다면 서른부터 진짜 어른의 세계에 발 담그는 느낌이다.

준비를 제대로 끝마치지 못하고, 어른의 세계에 몸을 던져야 하는 때가 얼마 남지 않자 마음은 조급했다. '전 준비가 안 됐어요'라거나 '조금만 늦춰 주시면 안 될까요'라는 읍소는 통하지 않는다. 서른 살이 나를 비껴가는 행운은 존재할 리 없으니까. 내가 가진 부담과 불안의 이유를 고심해보면 주변인과 사회의 떠들썩한 훈수가 한몫했다.

스물아홉 살부터 서른 살에 대한 조언을 끊임없이 들었다. 주변에서는 위로랍시고, "그래도 넌 아직 20대잖아. 몇 달 뒤면 서른이지만"이라고 뼈아픈 사실을 얼굴색 변하지 않고 날리기도 하고, "서른이면 아직 아기야"라며 다독이기도 했으며 "서른 이후부터는 소개팅 시장에서 가치가 떨어지니까 분발해" 따위의 말도 해주었다. 그러나 이 모든 말들은 위안이나 도움이 되지 않았다.

내가 앞으로 맞이할 서른에 대한 첨언을 들으며 30대의 무게를 고민하는 날이 빈번해졌다. 불안하고 두려웠다. 내 안엔 좋은 시기를 지나 청춘이 저물고 있을지도 모른다는 공포가 있었다. 그러나 이 모든 압박도 '어른은 ~해야 한다'거나, '서른 정도 됐으면 이 정도는 갖춰야지' 등 사회에서 규정한 기준일 뿐이었다.

서른 살에 대한 압박과 판단이 얼마나 가혹한지에 대해서는 요즘 트렌드를 잘 알 수 있는 드라마나 출판된 책들만 봐도 알 수 있다. 《서른엔 뭐라도 되어 있을 줄 알았다》, 《어른은 아니고, 서른입니다》, 《반짝반짝 나의 서른》, 《서른이라 안 될 줄 알았어》 등의 책 제목부터, 서른 살 커리어우먼의 일과 연애에 대한 고민을 다룬 드라마도 많다.

이 요란한 관심과 충고는 서른을 맞는 이들에게 더 큰 부담을 준다. 그저 주어진 순간을 겸허히 받아들이고 순리대로 살아가면 된다. 학교 교칙처럼 기준을 정할 필요는 없다. 누구나 공평하게 겪게 될 한 철일 뿐이다.

서른에 대한 가혹한 사회적 시선에 의연한 삶의 태도를 갖자고 다짐할 땐, tvN 드라마 <이번 생은 처음이라>의 대사를 떠올린다.

"스무 살도 아니고 나이 서른에 이게 뭐하는 짓인지."

지호의 넋두리에 세희는 평온하게 말한다.

"그 짧은 문장에 서른이란 단어를 세 번이나 쓰다니, 신피질의 재앙이네요. 스무 살, 서른 그런 시간 개념을 담당하는 부위가 두뇌 바깥 부분의 신피질입니다. 고양이는 인간과 다르게 신피질이 없죠. 그래서 매일 똑같은 사료를 먹고 매일 똑같은 집에서 매일 똑같은 일상을 보내도 우울해하거나 지루해하지 않아요. 그 친구한테 시간이란 건 현재밖에 없는 거니까. 스무 살이니까, 서른이라서, 곧 마흔인데 시간이라는 걸 그렇게 분초로 나눠서 자신을 가두는 종족은 지구상에 인간밖에 없습니다."

극중 세희는 나이를 자각하게 만드는 것 자체가 '신피질의 재앙'이라 표현하는데 그 말이 재미있으면서도 공감이 간다.

마음의 압박은 나이에 대한 지나친 의식에서 시작된다. 어느 때건 현재에 집중하여 살아가면 언제가 좋은지 고민하거나 알맞은 시기를 놓친 게 아닐까 싶은 초조함도 갖지 않을 것이다.

문득 내가 사회와 주변인이 만들어둔 덫에 걸려 허우적거렸다는 사실을 자각하게 된다. 불안의 정체가 외부에 심어둔 뿌리 깊은 강박이라는 걸 알자 허탈하면서도 한편으로는 안심이 됐다. 굳이 그들의 독단적이고 자의적인 판단을 자신에게 적용하며 고민하는 건 의미가 없다. 내가 당장 사회적 요구에 걸맞는 기준을 갖추었더라도 다음 나이에는 또 다른 과격하고 높은 요식이 기다리고 있을 것이다. 매 순간 숙제 검사를 받듯 평가받는 건 괴로운 일이며 타인이 납득할 만한 그럴 듯한 답을 써야 한다는 강박은 불안을 빚어낸다.

긴 인생 속에서 서른은 한 점일 뿐이다. 하루를 충실히 살아가는 데 집중하면 나이를 약점으로 걸고넘어지는 편견이나 아니꼬운 충고에 흔들리지 않을 수 있다. 좋았던 시절이란 것도 타인이 규정하는 게 아니라 내가 정하면 그만이다.

나의 장점은, 이전보다 점점 더 나은 삶의 태도와 방식을 배워간다는 것에 있다. 그러니 앞으로 내가 살아갈 날들은 여느 때 없이 만개할 것이다. 벚꽃을 보러 갔던 지난봄을 떠올리면 그 계절에 피어난 꽃의 아름다움에 대해 감탄을 내뱉을 뿐, 작년에 핀 꽃봉오리와 비교하며 전보다 못하다고 말하지 않았다. 작년 봄에 핀 꽃과 내년에 필 꽃이 계속해서 아름답듯 사람도 마찬가지다. 저마다 때에 맞는 고혹적이고 그윽한 향을 마음껏 풍기며 피어나면 된다.

이미 만개하여 꽃을 피웠을지, 또는 꽃 피우기 위해 준비 중인지, 아니면 피어난 적도 없는 씨앗인지 고민하며 생의 일부분만 좋은 때라고 규정하지 말자. 그런 논리대로라면 지나온 세월의 대부분이 좋은 시절을 뒷받침하기 위한 일부로 전락한다.

어느 한때를 놓쳤다고 남은 여생이 불행하거나 의미 없는 건 아니다. 좋을 때라는 건 결국 그 과정을 먼저 지나친 타인의 상대적 평가다.

삶이라는 긴 구간을 멀리 바라본다. 20대든, 30대든 어느 지점까지 내가 달려오고, 나아가는지를 확인하기 위한 구간별 표시점일 뿐이라는 걸 알기에 마음이 가볍다. 난 그저 긴 레이스의 30km를 앞두고 있을 뿐이다.

풍선 하나만 있어도
시간 가는 줄 모르고,
빵 봉지에 들어 있던
스티커 하나에도
기뻐했던 그때,

서른이 됐지만 여전히
맥주 대신 콜라를 마시며
인생을 논한다.
제로 콜라로
마실 걸.
살찌겠지?
치킨 먹으면서
다이어트 걱정은
사치야.
chicken

대화

생각의 차이를 인정하고 격차를
줄이기 위해 이해의 폭을 넓히는 일.

대화

노력해도 대화의 간극이 좁혀지지 않는다는 걸 깨닫고부터 감정을 소진하는 대신 침묵하거나 형식적인 답을 건네는 기술이 늘어간다.

대화가 줄어든다는 건 두 사람을 중첩시키는 소통의 영역이 좁아진다는 의미다. 이야기의 접점이 이어지지 않고 다른 결론에 도달하는 과정을 반복하면 회의가 덮쳐온다. 타자를 이해하기 위한 노력의 출발점이 '대화'라 한다면 그 시도에서 느낀 무력감은 관계를 재고하게 만든다.

요즘 이런 다짐을 한다.

'애써서 이어가는 대화에는 끼지 말자.'

소통이 되지 않는 존재에게 정성으로 구운 파이를 건네더라도 맛과 가치를 알아줄 리 없다는 것을 알고 난 뒤로 대화가 가능한 사람과 그렇지 않은 사람이 있다는 사실을 자연스럽게 받아들였다. 서로 다른 생각의 맥을 짚고, 이해하는 과정이 순조롭지 않다는 걸 알기에 우리는 애초에 비슷한 취향과 가치관을 지닌 존재를 만나려고 노력한다. 취향과 가치관이 비슷하다고 해서 대화가 잘 통할 거라고 확언할 수 없겠지만 갈등이 야기되는 요소가 적은 건 경험상 맞는 것 같다.

나와 다른 생각을 갖고 있는 존재를 이해하기 위해 애쓰는 시도에도 용기가 필요하다. 생각의 차이를 인정하고 격차를 줄이기 위해서는 나의 고집을 내려놓을 수도 있어야 한다. 이해의 폭을 반죽처럼 균일하게 넓혀가는 일은 건강한 관계를 지속하기 위해 거쳐야 한다.

이때 알아야 하는 건 이해와 공감을 위한 노력은 한 사람만으로 이루어질 수 없다는 사실이다. 혼자 이해하기 위해 애써야 한다면, 그 관계는 망설임 없이 정리하는 편이 낫다. 대화의 궁합이 맞지 않다는 사실을 인정하고 관계를 끊어냈을 때 해로운 방향으로 감정 소모를 하지 않을 수 있다.

소통 불능의 대화에서 자주 등장하는 패턴에는 충고인 척 포장한 비난이 있다. 그들은 애정과 관심이 있으니 이런 말을 하는 거라고 주장한다. 나 정도로 걱정해주는 사람이 네 주변에 있느냐고 묻지만 내게 상처를 주는 방식이라면 훌륭한 조언이라도 듣지 않는 편이 낫다. 나는 더 이상 내게만 이해를 강요하는 사람 곁에 스스로를 방치해두고 싶지 않았으므로 서서히 그런 사람들과 거리를 두었다.

사려 깊은 말로 포장된 충고의 전제는 '자신이 거슬리거나', '스스로에게 문제될 게 없다는 근거 없는 오만'이 기반이었다. 물론 충고와 조언의 상자에 담긴 비난은 애정에서 비롯됐다고 주장한다고 해도 그 말에 대응하지 않는다. 말해봤자 함께 대안을 찾거나 조율할 수 없을 거라는 불안한 체념이 앞지를 땐 그 감각을 믿고 상대의 말에 침묵하거나 갈림길에서 멀어지는 게 낫다. 소통하려는 노력의 결과는 불길한 예상을 벗어나지 않고, 의미 없는 논쟁에 그칠 것이다. 그의 충고가 없어도 난 내가 가야 할 방향을 찾아갈 수 있다. 자기 삶에 충실한 사람은 타인을 평가하거나 비난하는 데 쓸 힘의 여력이 없다는 점을 기억하자.

대화의 기본 전제인 경청의 자세를 갖추지 못한 누군가를 위해서 유한한 나의 애정과 시간을 쏟는 건 아까운 일이다. 나의 태도에 대해 가까운 친구는 이렇게 평했다.

"넌 비관적인 태도를 고수하는가 싶다가도 긍정적인 자아가 동시에 자리매김하고 있어서 균형감이 있어. 비난에 대해서도 의연한 걸 보면 말이야."

그 말에 나 자신도 수긍했다. 대화할 준비가 된 자가 건네는 말은 귀 기울여 들을 가치가 있지만, 힐난이나 책망으로 점철된 말은 단칼에 잘라내야 한다. 자신이 듣고 싶은 말의 조각만 띄엄띄엄 듣거나, 제멋대로 넘겨짚는 경솔한 태도에는 침묵과 무시로 일관하는 게 이성적인 대처다.

꽉 막혀 있는 통로에는 어떤 말도 흘려보내지 않을 것이라고 스스로에게 다짐하듯 말하는 건 비난하는 대화 방식을 고수하는 사람을 경계하기 위함이다.

내가 바라는 건 경청할 때의 끄덕임과 집중하는 시선의 마주침을 건네는 이들과 이야기하는 즐거움이다. 다름에서 오는 차이가 갈등을 야기하기보다 생각의 폭을 넓히고, 공감을 통한 견고한 연대를 경험하며 누리는 시간이 마음의 균형을 든든히 받쳐준다.

회의와 긍정 그 어딘가에서 이로운 대화 방식을 고수할 수 있는 힘은, 경청이 전제되어 있는 대화를 하기 위해 애쓰는 다정한 존재들 덕분이다.

계속 휴대폰만
보네….

오랜만에
카페왔는데
나랑 대화하면
안 돼?

맨날 얘기하는데
또 무슨 말을 해.

벌떡!
저녁 뭐 먹자,
영화 뭐 볼래
이런 거 말고!
깜짝
오늘 하루 어땠는지
기분은 어떤지
날씨가 좋은데
같이 산책 가면
어떤지 물어보는 거.
내가 말한 대화는
그런 거야.

사색

모든 일에 서두르지 않으며

자신만의 속도를 유지하는 것.

사색

나는 사색하는 사람을 좋아한다. 사색할 수 있다는 건 느긋한 쉼을 일상의 중요한 범주 중 하나로 선택했다는 의미다. 자유롭게 사용할 수 있는 시간이 충분하다고 사색을 할 수 있는 건 아니다. 사람들이 황금 같은 주말을 보내는 방식은 '사색'이나 '쉼'과는 거리가 멀다. 침대에서 뒹굴거리며 넷플릭스나 유튜브를 보고, 게임을 하면 머릿속은 쉴 틈이 없다. 자극적인 매체의 직관적이고 노골적인 정보가 물밀듯이 들어오면 여과 없이 수용한다. 내 의지로 무언가를 성취하거나 사유를 넓힐 기회는 사라지고 매스컴에서 선보인 것을 흡수하기 바쁘니 쉬어도 쉰 것 같지 않다. 같은 자리에서 반복적으로 돌던 생각의 모터가 어느 지점에서 자연스레 과부하가 오는 건 누구나 경험해봤을 것이다. 주말 내내 밀린 드라마와 예능 프로를 시청하며 보낸 뒤, 한 주가 시작되는 월요일엔 피곤이 더욱 누적된 느낌이다. 쉼 없이 돌아가는 머리의 과열을 식히기 위해서는 냉각수가 필요한데, 그 역할을 하는 게 사색이다.

대부분의 사람들은 자동화된 생산 시설에서 검품 과정을 거치듯 근로 시간을 견디거나 회중시계를 들고 다급하게 뛰어가는 시계 토끼처럼 산다. 뒤쫓기듯 초조하고 불안하게 사는 이유는 다양하다. 업무에 치여 여유가 없다거나, 더 많은 돈을 벌기 위한 목적을 달성하기 위해 숨 막히게 자신을 몰아세운다. 원하는 회사에 취업하거나, 중요한 시험 합격을 위해서는 당장의 여유를 허락할 틈도 없다.

"굳이 그렇게 살아야 할 의미가 없잖아. 행복하자고 하는 일인데."

나의 친한 동료는 높은 연봉을 받거나 경쟁에서 이기는 것에는 관심이 없었다. 내가 아는 사람들 중에서 그 친구만큼 느긋하고 여유로운 타입은 드물다. 동료는 어떤 프로젝트를 도맡든 무리하게 추진하거나 앞뒤 안 가리고 무모한 도전을 하지 않았다. 예상 가능한 범위 내에서 최대치의 결과를 내기 위해 노력하되 결과가 아쉽더라도 체념하지 않았다. 그 여유와 넉넉한 마음 자세가 고담하게 느껴졌다.

어느 점심시간, 드립 커피를 내리던 동료는 여과지를 통과하여 천천히 떨어지는 커피를 바라보고 있었다. 건너편에 앉아 있던 나는 느닷없이 물었다.

"어떻게 매 순간 사색하듯 살 수 있는 거예요?"

"사색이라고 할 게 있나. 모든 일에 서두르지 않는 것뿐이지."

개연성 없는 질문에 평온한 답이 돌아왔다. 급조하거나 순발력을 발휘한 답이 아닌 늘 머릿속에 있던 말이 자판기

버튼을 눌렀을 때처럼 자연스레 반응하여 흘러나왔다. 문득 연봉 협상 시즌에 동료들 사이의 대화가 떠올랐다. 급여 인상폭에 대한 아쉬움을 토로하던 이들 중 한 명이 그 동료에게 대기업으로 이직하고 싶은 마음이 없느냐고 물었다. 그는 내 질문에 대답했을 때와 마찬가지로 담담하게 답했다.

"난 많은 돈을 버는 것보다 많은 시간을 즐기는 게 중요해."

대기업에 가면 돈은 더 받겠지만 강도 높은 근로 환경으로 일상이 침해당할 거라는 말을 덧붙였다. 동료의 삶에서 중요한 건 많은 돈이나 높은 커리어가 아니라 쉼이 보장된 일상과 자유라는 것을 알 수 있었다. "요즘 세상에 보기 드문 어른이군." 난 그를 흥미롭게 보았다. 저런 사람이야말로 사색할 만한 충분한 시간을 갖고 있겠구나 싶었다.

그는 무뚝뚝한 인상에 어울리지 않게 귀여운 것에 관심이 많았는데, 애착 인형 못지 않게 때가 탄 곰돌이 푸와 피글렛 인형을 차에 싣고 주말마다 여행을 떠났다. 프로필 사진에는 볕 좋은 들판이나 해변에 나란히 앉아 있는 푸와 피글렛의 뒷모습이 자주 등장한다.

근무하며 살펴본 결과 동료에겐 자신만의 리듬과 행동 패턴이 정해져 있었다. 직원들이 모여 식사하거나 차를 마실 때도 그는 소리 없이 자리를 비웠다. 사람들과 어울리는 대신 점심시간을 이용해서 산책하거나 먹고 싶은 음식으로 요기를 하고 아무 일 없다는 듯 자리로 돌아왔다. 동료의 쉼은 요란하지 않고 잔잔한 수면처럼 온화했다.

그의 빠르지도 느리지도 않은 속도의 대답을 떠올리면, 오기가미 나오코 감독의 <안경>이 연상된다.

"비법은 조급해하지 않고 느긋하게 기다리는 것."

영화 <안경>을 표현하는 한 문장이다. 조급할 것도, 욕심에 치여 초조할 이유도 없는 넉넉한 마음을 지닌 사람들이 모여 사는 마을. 다 함께 수평선을 보며 빙수를 먹는 장면이 판타지처럼 느껴지는 건 사색을 통해 고요한 여유를 누려본 경험이 거의 없기 때문이다.

사색의 사전적 의미는 '어떤 것에 대하여 깊이 생각하고 이치를 따진다'는 뜻이다. 일상에 치이다 보면 내 의사와 무관하게 일방적으로 주입되는 정보와 생각이 많다. 스치듯 떠올리는 수많은 생각 중 과연 어떤 게 내 생각이고, 다른 사람의 의견인지 경계를 나누는 게 어렵다. 주입된 정보를 수용하고 정해진 의무와 규칙대로 굴러가다 보면 일상에서 사색은 자연스레 멀어진다.

사색이 부재하다는 건 내가 가고 있는 길을 되돌아보지 않는다는 것이다. 자세히 들여다보거나 깊이 생각하지 않으면 중요한 것을 놓치기 쉽다. 나아가는 방향을 돌아보고 마음과 몸 상태의 균형을 되짚었을 때 무기력에 빠지지 않는다.

부드러운 무염 버터와 팥소를 빵 사이에 끼워넣듯 바쁜 생활 가운데 사색하는 시간을 포함시키면 단조롭고 기계적인 일상을 충만하게 만들 수 있다. 바다를보며빙수를 먹던 마을 주민들의 모습과 나의 오랜 동료를 보며 삶을 더 행복하게 만드는 방법은 그리 어렵지 않다는 생각을 하게 된다.

정신없이 달려갈 땐 의식적으로 멈추는 게 좋다. 조급할 것 없잖아. 자신을 다독이며 브레이크를 밟는다. 성급하게 나아가다 놓친 건 없는지, 나에게 필요한 건 무엇인지 헤아린다. 당장 앞에 놓인 게 전부가 아니니까.

다그치듯 자신을 몰아세우다 소중한 것을 놓칠지도 모른다는 것을 의식하려 한다. 그 자체도 사색하는 삶의 자세가 아닐까.

하늘을 본 게 언제지?
여유 없이 달려오기만 했어.

그렇지만
무엇도 할 의욕이
생기지 않아.

봄이 왔어!
이 계절을 즐겨야지!

맞아! 이대로는 안 되겠어.
무엇도 느끼지 못하는
회색 인간이 되기는 싫어!
가끔 여유도
필요한 법.
계절의 흐름을
느껴봐.
어느 날의 사색.

끝

새로운 시작을 위해

거쳐야 하는 절차이자 기회.

끝

한동안 연애 칼럼이나 연애 상담 프로를 자주 찾아봤다. 자칭 연애 고수 또는 칼럼니스트의 조언을 보는 건, 마음을 다독일 위안이나 따끔한 충고를 자신에게 처방하기 위함이었다. 소원해진 관계가 끊어지고 결국 마주하게 되는 이별은, 몇 번을 겪더라도 생전 처음 겪는 일처럼 낯설었다. 그 시기에 마음이 힘들었던 이유를 반성적으로 복기하면 끝을 받아들이지 못했기 때문이다. 상대의 마음이 이전과 다름을 수용하고 받아들이기까지 시간이 걸렸다.

애정이란 설득이나 호소로 얻을 수 없다. 떠날 사람은 흘러가도록 내버려두는 편이 지난 추억을 훼손하지 않는 성숙한 태도라는 것을 알면서도 마음으로 받아들이는 건 다른 문제였다. 대개 연애를 시작했거나 진행 중인 사람은 내 사랑은 특별하다고 믿거나, 이전 연애와는 다르다는 확신을 갖는다. 매번 비슷한 끝을 예견한다면 감정 소모와 은근한 체력을 요하는 매력적이지만 성가신 연애 관계를 시작할 엄두를 내지 못할 거다. 이 사람은 다를 거라는 확신(이것을 난 착각이라고 말하고 싶다)과 과거에 겪었던 갈등을 망각하였을 때 새로운 시작을 할 수 있다.

지극히 정서적인 면모를 지닌 나는, 어떤 일이든 끝이 다가올 무렵이면 짙은 아쉬움을 느낀다. 졸업식날 정든 학교와 선생님, 뛰놀던 운동장과 낙서로 예술혼을 불태운 책상을 매만지며 상념에 빠졌다. 분주히 등교하고, 수업을 듣고 친구들과 함께 보낸 시간들이 빠르게 넘어가는 책 페이지처럼 스쳤다.

만나던 그와 이별을 하게 된 시기에도 헤어지자는 말을 꺼내기 전, 감정이 일렁였다. 마주 본 연인의 얼굴에서 흐뭇하고 소중한 기억이 떠오르자 이별을 유예시키고 싶은 충동을 느꼈다. 끝을 유예하면 새로운 시작을 할 기회가 뒤로 미뤄질 뿐, 상처만 깊어진다. 당장 입을 다물고 넘어가거나, 참고 흘려보내는 게 끝을 끝이 아니게 만들어줄 리 없다. 졸업이 아쉽다고 해서 몸집이 커진 내가 작은 책상과 의자에 계속해서 앉아 있을 수 없듯.

그런 면에서 인간에게 끝이란 시작을 위해 반드시 있어야 할 절차다. 물론 끝에 도달하였을 때 무덤덤하게 반응하는 건 여전히 어렵지만. 인간의 정서로는 끝을 태연하게 수용하는 건 불가능하지 않을까. 망각은 신의 축복이라지만 애석하게도 기억을 상기할 줄 아는 재주도 동시에 갖고 있는 건 난제다. 과거를 떠올리다 보면 지독한 향수를 느낀다. 돌아갈 수 없다는 것을 알기에 더욱 애틋해진다. 그 아련한 기억은 시간의 흐름에 따라 점차 녹아 작아지더라도 완벽하게 사라지지 않는다. 계속해서 내 안에 남아 이따금 떠오르고 가라앉는 걸 반복한다.

모든 끝이 동시에 내겐 기회이기도 했다. 새해가 되었을 때 나는 새 다이어리를 펴고 첫 장에 이런 말을 적어두었다. '끝을 기대하자.' 두 번째 책의 출간 후 나는 끝이라는 말이 갖는 의미를 재발견할 수 있었다. 아득했던 나의 미래에 시작점과 끝점을 내 힘으로 찍을 수 있다는 자신감을 갖게 됐다. 시작점과 끝점을 매끄럽게 연결하여 '나'를 완성해 나가는 일이 달근달근히 느껴졌다. 마냥 아쉽고 슬프다고 정체되어 있을 수 없다. 끝을 받아들이지 못하면 그다음으로 넘어갈 수 없다는 걸 깨닫고부터 난 이전보다 성장했다.

끝과 시작은 반대되는 말로 여겨지지만 넓게 보면 연결되어 있다. 뜨거운 국물을 마시며 시원하다고 말하는 어른들의 감상에 고개를 갸웃하던 나는 슬프지만 한편으로는 기쁜 것, 아쉽지만 그다음을 떠올리면 설렘이 동반되는 양가감정이나 혼란을 배리한 태도로 보지 않게 됐다. 아쉬움과 미련, 슬픔과 추억 따위를 무너뜨리고 그 위에 새로운 블록을 쌓아 시작을 하는 건 애환과 기대감이 엉긴 묘한 감정을 남긴다. 끝이란 즐겁게 읽던 책의 마지막 장을 덮는 일과 같다.

난 무언가를 본인의 힘으로 끝내는 사람을 존경한다. 그런 사람은 진심으로 사랑했던 연인과 헤어질 때에도 울더라도 '그동안 고마웠다'고 말할 수 있는 성숙함을 갖고 있다. 난 끝을 기대하겠다는 말을 곱씹으면서도 그때그때 상황에 따라 매우 슬퍼하거나 지지부진하게 상황을 끌었다. 어차피 달라질 리 없다는 것을 알면서도 미련하게. 그런 내가 답답할 때엔 다시금 자신에게 말했다.

"뭐 어때, 끝났으니 더 좋은 시작을 기대할 수 있게 됐는걸. 이젠 좀 더 근사한 시도를 해볼 수 있게 됐어."

작년 한 해, 무작정 글 쓰는 일에 부딪히며 두 권의 책을 끝맺었다. 이 시기가 의미 있게 다가오는 건 누가 요구하지 않았는데도 자발적으로 시작하고, 내 힘으로 끝을 냈다는 것에서 느끼는 보람 때문이다. 나의 사유에 공감해준 이들이 건넨 또 다른 이야기들이 새로운 시작점을 만들어 주었다. 생각은 탁탁하게 짜인 직물처럼 연결되어 어떤 이가 쓴 문장이 또 다른 사람의 마음을 예리하게 건드리거나 울린다. 내가 쓴 글이 읽는 이에게 공감이나 위안을 주었다는 소식을 듣게 될 때면 글을 쓰며 힘들었던 시기의 나를 떠올린다. 그때 흘린 눈물만큼이나 진한 감동이 일어난다. 다시 새로운 이야기를 준비해 나가는 지금의 나는 그때보다 조금 더 단단하게 여물었다.

무언가를 끝낼 수 있다는 건 원하는 모양대로 단단하게 매듭을 지을 수 있는 힘을 가지고 있다는 것이다. 그 끝에 또 다른 지점, 새로운 갈래의 길이 펼쳐진다. 지나친 낙관인지 모르지만, 끝을 여러 번 경험한 사람은 꽤 괜찮은 시작과 순조로운 전개를 이어갈 수 있다고 믿는다. 끝맺는 건 한 번이 어렵지, 두 번, 세 번은 좀 더 익숙하고 편안해진다(물론 가슴형인 내가 끝이나 이별 등에 무감하게 반응하는 건 평생 불가능할 것 같지만).

"앞으로 난 몇 번의 끝을 경험할까? 그 끝에 내게 남는 건 무엇일까?"

나는 나의 끝과 또 다른 시작이 기대된다. 설령 누군가가 싫은 일은 최대한 덜고, 하고 싶은 일들로 삶을 채워가는 내 모습을 걱정스럽게 바라본다면, 그 염려도 감내하며 잘 마무리해 나가면 된다.

> 졸업과 입학, 시작과 끝, 처음과 마무리. 이 모든 건 연결되어 있다. 2022년, 새로운 시작점에서 나는 만족할 만한 끝을 만들어가는 중이다.

인생도 영화처럼 해피엔딩이
보장되어 있으면 좋겠어.
우수수....

완결을 알고 돌려보는
익숙한 영화처럼.
그럼 너무
재미없지 않아?
재미보다
속 편한 게
좋아.

근데, 그거 알아?
너가 팝콘
다 먹었어.
근데 내 앞길은
한 치 앞도 알 수 없는
우수수…
POPCORN

전개 모를 개연성 없는
영화같이 느껴진다.
이 끝은 희극일까?
또는 비극일까?
POPCORN

사랑

나를 구축하고 단단하게 뿌리내릴 수 있도록 하는 타인의 애정과 믿음.

사랑

지금 시대의 사랑은 헌신이나 희생이라는 고어한 가치와 거리가 멀다. 사랑을 논하는 건 시대에 뒤떨어진 촌스러운 유행어가 되었고 사람들이 중시하는 사랑의 조건에 안전이 손꼽힌다. 가치관이 맞는 사람과의 두근거리는 연애는 즐겁지만 합의나 조율이 되지 않는 문제를 겪으면 이별의 수순을 밟을 수 있다는 것을 간과해서는 안 된다. 헤어짐까지 사랑의 범주 안에 넣는다면 그 끝이 불행한 상처나 트라우마로 남는 경우는 어떻게 설명해야 할까.

만약 호감을 전제로 만난 상대에게 안위에 대한 불안을 느끼는 지점까지 갔다면 그건 애초에 사랑이 아니라 욕구나 욕망에 따른 일회성 만남일 확률이 높다. 자신의 욕망과 상대의 기준 사이의 불일치를 수용하지 못하여 일어나는 분노는 두 사람의 갈등이나 오해 때문이 아니라 사랑받은 경험이 부재한 상대의 이기적인 욕심으로 인해 발생한 것이다. 조건 없는 무해한 사랑을 누군가에게 주거나 받아본 적이 없으니 소유와 욕망을 사랑이라고 착각한다. 좋아한다는 건 갖고 싶다는 말과 다르지 않으며 소유함으로써 사랑을 확인할 수 있다고 믿는다. 이들은 열이면 열 자신의 끝도 없는 소유욕과 피동적 순응을 끌어내는 강압을 사랑으로 과대 포장한다.

집착과 소유욕은 사랑의 유사어로 잘못 사용될 때가 많다. 진정 누군가를 사랑한다면 나의 감정이 상대의 마음과 상황을 앞서갈 수 없다. 그 사람의 마음에 도달하기 위해서는 돌아가더라도 서두르지 않는다. 자신의 조급한 의지를 참는 편이, 서두르다 소중한 사람을 놓치는 결과보다 낫다고 판단한다. 나의 욕구가 아닌 상대의 마음과 형편을 앎으로서 시작되는 배려와 조심스러운 태도가 사랑을 하기 위해 갖춰야 할 기본적인 소양이다.

드라마, 영화, 책 등으로 시선을 돌리면 사랑 이야기가 넘쳐나지만 실체는 발견하기 어렵다. 주변에서 발견하는 사랑은 외로움의 대체재, 성적 욕망과 유희를 위한 수단, 있으면 좋지만 없어도 아쉬울 것 없는 정도의 애매한 관계가 대부분이다. 사랑이라고 말하지만 타인을 아끼는 마음이나 배려는 찾을 수 없다. 일방적으로 사랑받거나 자신의 욕구를 채워줄 무언가를 필요로 하는 소모적 관계를 사랑이라 착각한다. 조건과 이상향에 따라 사람을 골라 만나는 것은 물건을 고를 때와 다르지 않다. 우리 주변에는 사랑을 받고 싶어 하지만 기꺼이 사랑하려는 용기를 갖춘 사람은 극소수고, 많은 이들이 사랑의 가치를 소비하는 데 집중한다.

사람은 누구나 이유나 조건과 무관하게 '나'라는 인격체로서 사랑받기를 원한다. 손해 볼까 봐 두렵지만 한편으로 불안의 경계를 정서적 안정감으로 바꿔줄 인연을 바란다. 물론 사랑은 황금 호박처럼 넝쿨째 굴러들어 오지 않는다. 사랑받고 싶다면 소중한 이에게 기꺼이 내 것을 줄 수 있는 마음이 전제되어야 한다.

나와 다른 타자의 우주를 이해하고 헤아리는 일은 수월하지 않다. 애정이 전제된 관계라 해서 갈등이나 난제가 없는 것도 아니다. 서로의 다름을 인정하고 받아들이려는 태도를 갖지 못하면 작은 갈등이 관계를 무너뜨리는 원흉이 된다.

알랭 바디우는 《사랑 예찬》에서 사랑을 통해서만 우리는 주체로서의 삶을 살 수 있다고 설명한다. 주체적으로 누군가를 사랑하는 과정은 또 다른 세계를 경험하는 일이며 다름을 인정하고 맞춰가는 조율과 화합이다. 그 과정에서 서로에게 긍정적인 변화와 에너지를 건네고 다름에 대해 이해와 수긍을 하는 것이 각자의 주체성을 복원하는 건강한 사랑이라 할 수 있다.

시대를 망라하여 모든 역사와 문학과 철학과 일상을 관통하는 중요한 가치는 역시나 사랑에 있다. 내 삶을 구축하고 단단하게 뿌리내릴 수 있도록 하는 것에는 누군가의 사랑과 믿음이 큰 힘을 발휘한다. 지금 내가 사랑에 뛰어들 용기가 없다거나, 사랑할 만한 존재를 만나지 못했다 하더라도 사랑에 대한 의지는 덮어두고 체념하지 말자. 내 사랑은 분명 다를 거라고 생각하며 이런 사랑도 가능하지 않을까 고민하고 나름대로 답을 얻기 위해 애쓰면 꿈꾸던 사랑에 도달할 수 있을 것이다.

기꺼이 애정을 건네며 아껴주고 싶은 존재를 만나 사랑할 수 있는 가능성은 남아 있다. 그러므로 난 사랑을 낭만적인 유행 가사처럼 흘려듣지 않고 내 감각으로 직접 느끼며 찾을 것이다. 사랑은 결코 끝나지 않았으며, 그 가치는 여전히 유효한 시대라고 믿고 싶다.

맛있는 음식을 먹거나
POTATO
CHOCOLATE

다음에 같이
와야지.
좋은 풍경을 봤을 때
생각나는 사람이 있다면

네 생각이 나서
연락했어.

Store
곰돌이가
좋아하겠지.
그건 사랑이라 하겠다.

다정함

숨겨진 목적과 의도 없이

순수한 애정을 건네는

사려 깊은 마음과 호의.

다정함

언젠가 다정함에 대한 이야기를 주제로 대화를 나눈 적이 있다. 남자 친구가 다정하냐고 묻는 상대의 질문에 나는 그저 웃었다. 그 웃음엔 많은 의미가 담겨 있었다. 그는 때론 다정한 듯했지만 무심했고, 타인을 헤아리는 일에 피로를 느꼈다. 고객의 필요를 채워주는 서비스처럼 한두 번 정도 다정한 남자의 시늉을 했다. 그건 상대가 원하는 요구에 응할 마음의 의욕이 없으나 관계의 어긋남이나 푸념을 막기 위한 방편이었다. 난 그 사실을 알았지만, 안다고 해도 달리 할 수 있는 건 없었다. 사소한 부분에서 관심을 바라거나 요구하는 것을 애정 결핍이라고 생각하는 남자였다. 다정한 남자, 있을까? 그건 지금까지 살아온 내가 근접해보지 못한 미지였다.

다정함은 편안함과는 다른 말로 격조 있는 따뜻함이 있다. 적정한 거리를 유지할 줄 알면서도 의외다 싶을 정도로 세심한 배려가 자연스럽게 배어나오는 것. 내가 다정함이라는 단어에 대해 갖고 있는 인상은 이러한데 생각해보면 다정함이란 가까운 듯하면서도 먼 단어 같다.

기억을 더듬어보면, 나는 다정함을 경험하는 것에 익숙하지 않다. 가족들도 다정함과는 거리가 멀었다. 무뚝뚝한 말씨나 혈기가 일면 내지르는 투, 잠깐이라도 지체하면 짜증을 내며 여유를 찾아볼 수 없는 성미를 부모님을 통해 경험해왔다. 툭툭 내뱉는 투박한 언행에는 상대를 함부로 하려는 악의는 없다는 건 알고 있으므로 민감하게 굴 일은 아니었다. 유감스럽게도 다정함을 운운하는 나조차 다정함이 배어 있는 행동이나 말투를 구사하지 못했다. 다정한 말씨와 행동은 무뚝뚝한 상대조차 변화시킬 수 있다는 말을 어딘가에서 들어본 적이 있지만 좀처럼 실행하지 못했고, 마음과 달리 목석 같은 모습 그대로였다. 나의 부모나, 인연에게서 다정함을 띤 여유나 자애로움을 목격한 적이 없다는 건 아쉬움과 미련으로 남아 있다.

다정하지 않은 이가 다정함과 거리가 먼 존재에게 다정함을 요구하는 상황은 아이러니했다. 다정함에 대한 높은 기준이 상대에게 부담을 짊어지우고 관계의 피로도를 높였다. 다정하지 않은 존재를 다정하게 바꾸려는 것만큼 서로를 힘들고 고독하게 하는 건 없다. 마침내 나는 다정함을 띤 모든 형태에 대해 갖는 지나친 기대가 자신을 다정하지 못한 상황에 내몰고 있다는 걸 알게 됐다.

나와 여러 시간을 함께 보냈던 그에게 나는 좀 더 다정해질 수 없냐고 물은 적이 있다. 그는 내게 하루에 삼십 분 정도는 다정하게 굴 수 있다고 답했다. 그건 내가 원하는 형태의 다정함이 아니었다. 그건 일종의 다정함을 흉내 내는 놀이 같은 것이었다. 난 놀이가 아니라 일상의 다정함을 원했다. 내게 허용된 삼십 분의 가장된 다정함이 그 남자가 줄 수 있는 최선이라는 걸 인정할 수밖에 없어 미온적으로 웃어 넘겼다. 다정함의 놀이에 만족할 수 없다면 관계를 끝맺거나, 기대를 내려놓고 간혹 다정한 존재와 때때로 다정한 시간을 보내는 것. 선택은 두 가지밖에 없었다.

분명 다정함을 요구하는 내가 그의 눈에도 다정하거나 사려 깊은 여자로 보이지는 않을 것이다. 그 사실을 순순히 받아들이는 태도, 사소한 부분에서 스치는 작은 다정함을 구슬 꿰듯 모아가며 위안하지 못하면 나는 평생 다정함을 경험하지 못한 비감한 여자가 돼버릴 수밖에 없다.

살아가다 보면 다정한 장면을 포착하는 행운을 누릴 때가 있다. '아, 의외로 이런 다정함이 곳곳에 숨어 있을지도 몰라.' 그 후 나는 다정함을 찾는 놀이를 마음속으로 종종 하곤 했다. 가령 한여름 무더위를 피해 들른 카페에서 사장님이 건네주던 시원한 생수, 그 안에 띄워 있는 레몬 같은 것에서 다정함을 느꼈다. "많이 더우시겠어요. 음료는 천천히 고른 뒤에 말씀해 주세요." 그 다정한 한 마디가 더위에 지친 나를 위로했다. 그때 마신 물 한 잔이 주문한 음료를 더욱 맛있게 만들었다. 다정한 말을 건네는 사람이 손수 만든 공간에서 나는 다정한 시간을 보냈다. 또 어떤 때에는 "네가 생각나서, 너랑 잘 어울릴 것 같아서"라며 아무 의도

나 목적 없이 나를 떠올렸다며 건네는 쿠키 한 조각, 시원한 병음료, 한 권의 책도 내가 다정한 흐름 속에 머물고 있다는 것을 일깨워 주었다.

"그래, 난 다정한 때를 경험하고 있었는데 마음이 미처 발견하지 못하고 지나칠 때가 있을지 몰라."

결국 다정함이란 굳이 그런 호의를 베풀지 않아도 될 때 상대를 먼저 생각하여 건네는 행동과 마음이다. 내가 누린 작은 다정함이 모이면 나도 그 온기를 선뜻 누군가에게 건네는 다정한 인간이 되어 있으리라 믿는다.

주문이 밀려 있어서
음료 나오는 데 시간이
걸릴 것 같아요.
네,
괜찮아요.
휴, 덥다.
찌는 듯한
더위야.
휴~
menu
coffee
tea
dessert
coffee

더우시죠? 주문한 메뉴
기다리실 동안
목 좀 축이세요.
오옷~!

더운 날씨에
먼길 와주셔서
감사해요.
감사해요.
잘 마실게요.
작은 것에
잘 감동하는
타입

카페에서 나와
집으로 돌아가는 길…
다정한 말이
공간을 더욱
아름답게
만드는 거겠지.
BREAD

생각이 나서

타인의 시간과 감정을

들여다보는 자발적인 마음.

생각이 나서

"생각이 나서 연락했어." 휴대폰 너머로 들리는 친구의 음성이 반갑다. 서로 다른 지역에 살다 보니 얼굴을 볼 수 있는 건 일 년에 한두 번 정도. 사는 곳이 달라지면서 연락하는 횟수도 줄었다. 익숙한 듯 어색한 목소리를 들으며 근황을 나눴다. 오랜 시간이 지난 뒤에도 잊지 않고 나를 기억해 주었다는 것, 선뜻 시간을 내서 연락을 준 게 고마웠다.

요컨대 사람이란, 사소한 것에서 기쁨을 얻는다. 스쳐가는 시간 속에서 불현듯 옛 친구가 떠오르더라도 적극적으로 연락을 취하는 경우는 많지 않다. 나만 보더라도 친구가 좋아하던 음악을 듣거나, 함께 놀러갔던 장소에 방문하게 돼도 과거의 한때를 떠올리며 추억을 곱씹다 흘려보내는 게 대부분이었다. '잘 지내겠지'라는 가벼운 궁금증을 품고 넘어간 뒤엔 친구에 대한 기억은 흐릿해졌다. 적극적인 관심이 없으면 생각이 난 것에서 그칠 뿐 연락으로 이어지지 않는다. 그 사실을 알기에 건네온 안부가 고맙다. 떠오른 기억을 흘려보내지 않고 연락을 건네는 수고는 마음을 감동시킨다. 말 한마디, 연락 한 번이 주는 의미는 꽤 깊은 것이다.

무수한 경험을 겪고 숨 가쁘게 흘러가는 시간 속에서 누군가를 생각하고 마음 쓰는 데 할애하는 시간이 얼마나 될지 가늠해보면 칫솔질 하는 시간보다 적을 것 같다. 물론 이건 타인에게 관심을 갖는 데 재능 없는 나의 변인지 모르지만. 누군가에게 '생각이 났다'라고 말하며 연락을 한다는 건 애정이 없다면 어렵다. 많은 이들이 용건이나 이유와 무관한 애정을 바라지만 의도 없는 안부 연락이 오가는 일은 많지 않다. 일상에 치여 살다 보면 그럴 여력을 갖기가 어렵다는 건 서로 간에 암묵적으로 알고 있는 어른이 됐지만 서글픈 건 어쩔 도리가 없다.

그런 이유 때문에 연애를 하는 것 같다. 이유 없이 나를 떠올리고, 안부를 물어봐줄 수 있는 둘도 없는 내 편을 둔다는 건 대단히 어렵지만 시도해볼 만하며 해로하는 인연으로 이어지는 건 삶의 공고한 목적을 만들어 주기도 한다. 잠깐의 안부 연락이 아닌 지속적인 사랑이 숨 가쁜 일상에 인공호흡기가 되어주니까. 한결같은 사랑과 관심 앞에서는 어른도 아이가 되어버린다. 어른이 되어도 사랑과 관심을 바라고 원한다. '예쁜 풍경을 보니까 네 생각이 났어. 다음에 같이 오자', '너랑 어울릴 것 같아서 샀어', '같이 먹고 싶어서 가져왔어' 등, 마음을 풍족하게 만들어주는 말들이 그립다.

누군가 시간과 감정을 들여 나를 떠올린 건 의무가 아닌 자발적인 것이다. 당연한 게 아니라는 걸 알아서 더욱 마음이 따뜻해진다. '생각이 나서'라는 말을 곱씹다 보면 나도 그러한 따뜻한 말들을 전하고 싶어진다. 따뜻한 한 모금의 차처럼, 지쳐 있는 오후 시간에 잠을 깨우는 카페인처럼.

이전에는 서로의 애정을 오차 없이 계산하기 위해 애썼다. 애정의 심도를 고찰할 때는 얼마만큼 내게 관심을 실천하느냐를 기준으로 두고 상대에게만 가혹하고 높은 척도를 부여하여 마음을 상하게 한 적도 있다. 그가 나를 생각하는 시간이 내가 그를 떠올리는 시간보다 많기를 바랐다. 무해한 애정을 기반으로 타인이 나를 오롯이 생각해주는 시간이 깊어지기를 요구했다.

관계라는 건 혼자가 아닌 둘이 만들어 나가는 것이기에 그 깊이는 함께 넓혀야 한다. 사랑받고 싶다면 나부터 계산 없는 애정을, 기껍고 진솔한 마음을 전할 수 있어야 한다. 적어도 이젠 내가 덜 사랑하고, 덜 주어야겠다는 좌뇌의 계열적 사고를 굴리며 마음 주는 것에 인색하게 굴고 싶지 않다. 내가 그 사람을 떠올리고 아껴주는 만큼 상대도 진심을 알아줄 것이다.

애정을 쏟는 만큼, 상처받을 수 있다고들 말하지만 상처받는 일이 두려워 샘솟는 애정과 떠오르는 그리움을 자제하고 싶진 않다. 불현듯 보고 싶고 생각나는 대상이 있는 건 의미 있고 기쁜 일이다.

"생각나서 연락했어. 많이 보고 싶어"라고 말했을 때 상대방의 답이 어떠할지 모르지만 순수한 마음을 전하고 싶다. 그 말이 그에게 한여름의 크리스마스처럼 달뜨고 기분 좋은 설렘으로 남았으면 좋겠다.

문득 아무 맥락이나 이유 없이

떠오르는 사람이 있다.

잘 지내고
있을까?

지나간 인연이지만
기억 속에는 여전히 머물러 있다.
행복하게
지냈으면
좋겠어.

{ 3부 }

나를
지탱하는
말들

#아빠 #어른 #엄마 #이름
#글 #집 #성장 #상처

mind

아빠

완벽하지 않지만 적절한 시기에

곁에 있어 준 든든한 친구.

아빠

아침밥을 떠올리면 아빠가 연상된다. 한 집에 살 때 식사 준비는 엄마가 도맡았는데, 매일 무얼 먹을지 고민하고 요리하는 건 여간 스트레스가 아니었나보다. 졸혼 후 제일 큰 기쁨이 식사 준비를 하지 않아도 된다고 말하는 것만 봐도 아침밥을 차리는 건 엄마에게 부담이었다는 것을 알 수 있다.

엄마와 떨어져 살게 된 후로 아빠는 끼니를 스스로 챙겼다. 가족 중 누구도 혼자 생활하게 된 아빠를 걱정하지 않았고 당사자조차 위기의식이 없었다. 아빠는 요리 솜씨가 좋아서 웬만한 음식은 레시피 없이도 척척 만들어냈다. 엄마가 음식의 간이나 밥물을 균일하게 맞추지 못할 때 아빠는 마뜩 않은 표정으로 혀를 차 댔다. 엄마는 부산스러운 아침 시간을 쪼개어 기껏 식사를 차려 주어도 좋은 소릴 듣지 못한 것에 마음 상했지만 아빠의 요리 솜씨가 뛰어나다는 걸 알고 있었으므로 "주는 대로 먹어. 쌀 한 번 씻어본 적 없는 사람이 어디서"라는 소리로 응수하지 않았다.

함께 살 때의 아빠는 자진해서 집안일을 돕거나 요리 솜씨를 발휘한 적이 없었지만 지금은 부엌에서 요리하는 모습이 자연스럽다. 가끔은 내게 직접 만든 육개장이나 파김치를 찍어 보내기도 한다. 사진으로만 봐도 얼큰하고 시원한 육수의 풍미와 간이 잘 밴 정갈한 밑반찬의 맛이 느껴지는 것 같다. 《엄마는 파업 중》이라는 동화책에서는 집안 살림을 도맡은 아내의 빈자리에 쩔쩔매는 남편이 등장한다. 그와 달리 아빠는 아내의 빈자리에 당황하거나 허둥대지 않았다. 아빠의 살림 솜씨가 살뜰하여 생활에 문제가 없는 점은 다행이라 생각한다.

집에 내려가면, 아빠는 하루도 거르지 않고 아침밥을 차려준다. 어떤 때는 소고기를 구워주기도 하고, 잘 구워진 이면수나 고등어조림을 밥그릇 옆에 놓아주기도 한다. 칼칼한 국물 맛이 일품인 칼국수나 김치 콩나물국이 식탁에 오를 때도 있다.

설 연휴, 오랜만에 아빠의 집에 방문했다. 이른 아침을 깨우는 아빠의 음성이 낯설지 않을 만큼 엄마와 아빠가 각자의 생활을 꾸린 것도 꽤 오래된 일이다. 아빠의 나직한 목소리가 귓가를 울리면 느릿하게 일어나 밥상에 앉는다. 내 앞에 갓 지어낸 밥과 국, 몇 가지 반찬들이 놓인다. 아빠는 혼자 먹는다고 해서 대충 먹거나 끼니를 거르고 커피와 술로 빈속을 채우는 법이 없었다. 그 부지런한 아침이 새삼 엄마와 살 때는 발휘되지 않은 게 신기하면서도 혼자의 생활에 문제없이 능숙하게 요리하고 살림을 해내는 능력이 대단하게 느껴진다. 이렇게 완벽한 상차림을 만들 수 있는 사람이 어째서 적극적으로 식사나 살림을 돕지 않았던 걸까 싶지만 엄마의 공백에 적응하며 발휘된 생존 능력일 것이다.

잘 우러난 사골 국물을 한 숟가락 떠 마시자 아침잠이 달아났다. 반달 모양의 만두를 베어 물자 아삭한 김치와 다진 소고기가 씹힐 때의 온갖 맛이 조화를 이루어 알근달근 맛있었다. 만두를 샀느냐고 묻자 아빠는 당연하다는 듯 직접 만들었다며 무심히 국물을 들이켰다. 나도 아빠를 따라 수저를 놀리며 연신 맛있다고 말했다. 아빠는 그 말에 기분이 좋았던지 다른 반찬들도 먹어보라고 권했다.

"이건 직접 캐서 양념한 참나물이야. 그 옆에 있는 건 무말랭이랑 파김치야. 간이 잘 됐어."

이 정도쯤은 대단한 능력이 아니라는 듯 담담하게 말하는 아빠를 보며 웃었다. 동치미나 파김치를 어렵지 않게 만드는 아빠의 솜씨에 대해 전하자 엄마는 수긍하며 고개를 끄덕였다.

"송편도 올망졸망하게 잘 빚는 사람이야. 원래 너희 아빠가 솜씨가 좋잖아."

서울로 돌아갈 때가 되자 아빠는 손수 만든 '옥수수 범벅'

을 포장해 주었다. 진득한 점성이 생긴 옥수수와 팥알이 입 안에서 터질 때의 달큼함은 고향 집을 떠오르게 하는 정겨운 시골 맛이었다.

부녀 사이는 까다로운 구석이 있어서 관계 유지를 위해서는 여러 노력과 수고가 필요하다. 자녀가 성장할수록 아빠는 부모로서 배려와 존중의 태도를 가져야 하며, 자녀는 가족 사이에서 소외된 아빠에게 말 한마디라도 다정하게 건네려고 노력해야 관계를 원만히 유지할 수 있다. 난 대단히 심한 사춘기를 경험한 적이 없어서인지 아빠에 대해 느낀 감정이 늘 비슷하다. 엄마와 아빠 사이의 갈등과 어려움에 대해 알게 됐을 땐 원망한 적도 있지만 깊은 분노나 미움은 아니었다. 내 안에서 아빠에 대해 변치 않았던 감정은 하나였다. 엄마에게 좋은 남편은 아니지만 내겐 고마운 존재라는 것.

과거에는 이상적인 부모상이 있었다. 존경할 만한 학식과 지성, 좋은 남편과 훌륭한 아버지의 기준을 만족할 백점짜리 아버지상을 바랐다. 그러나 시간이 흐를수록 아빠가 가족에 대한 책임, 남편으로서의 역할을 수행하지 못한 지점에 대한 불만보다 고마운 것들을 발견하는 시선이 생겼다. 철없는 고집으로 엄마를 속 썩였지만 아빠는 작은 것에 인색하게 계산하지 않는 호방한 구석을 지녔다. 무신경한 듯 보여도 안부 전화를 딸에게 먼저 하고, 보고 싶다는 말 대신 맛있는 고기를 사뒀다며 집에 다녀가라고 말하는 은근히 다감한 구석도 있다. 엄마도 늘 "그럼에도 불구하고 너희 아빠잖아. 그래도 너를 예뻐해주는 사람이잖아"라고 말하곤 한다. 그만큼 아빠가 내게 준 사랑과 애정은 바랄 것 없이 충분하여 고마움과 애틋한 마음을 갖고 있다.

고향 집에 들어서면 침대 매트리스에 기대어 tv를 보고 있는 아빠가 보인다. 요즘 푹 빠져 있는 트로트 프로그램을 시청하고 있다. 신명 나는 트로트를 듣는 아빠의 웃음에 나도 자연스레 웃으며 안도한다. 흐르는 세월 앞에 노쇠해진 아빠의 굽은 등과 눈가의 주름이 신경 쓰이지만 기운 불안을 지워낸다. 가까운 친구이자 든든한 지원군이 돼준 아빠는 여전히 건강하다는 사실에 안심한다.

시간은 생각보다 빠르게 흘러가며 이 순간을 그리워할 날이 언젠가 올 거라는 사실을 상기한다. 솜씨 좋은 아빠의 김칫국, 된장찌개, 파김치, 된장 라면의 맛을 잊지 않고 싶다.

아빠는 완벽한 아버지는 아닐지라도 내겐 필요했던 존재였다. 아빠가 만든 맛있는 식사를 오래오래 먹을 수 있기를 바란다. 나 또한 아빠에게 직접 만든 음식을 대접하며 멋쩍은 미소로 "아빠 솜씨를 따라가려면 먼 것 같아"라고 말하며 장난스럽게 웃을 날을 만들어 봐야겠다.

아빠는 요리를 잘한다.
오늘 저녁은 김치 수제비야.
BUTTER

아빠가 만두도 빚었어?
김치만 있으면 간단해. 집 갈 때 밑반찬 챙겨 가.

아빠가 즐겨 먹는
간식은 구운 가래떡과
바삭하게
구웠어.
먹고싶다…

밤이니까
딱 한 입만….
한 입 먹어봐.
이리오라는
유혹의 손짓
구수한 된장 라면.

어른

마음과 정신의 생기를 유지하며

내면의 꽃다발을 잃지 않는 사람.

어른

"벌써 서른이 훌쩍 넘었네. 요즘은 나이가 가진 책임의 무게가 버겁게 느껴질 때가 있어."

"아무도 너에게 그런 요구한 적 없어. 네 삶은 너의 것인데 어째서 남의 집에서 더부살이하는 것처럼 불편하게 생각해."

친구의 말에 까칠하게 답했지만 그가 느끼는 부담의 속성이 무엇인지 모르지 않는다. 나이는 숫자에 불과하다고 말하지만 체력은 예전 같지 않고 피부는 거칠어진다. 모아 둔 돈은 적은데, 지출은 많아지고 명절 때 뵙는 부모님의 연로한 얼굴에서 세월을 체감하면 자식으로서의 도리와 노후 문제가 실질적 고민으로 와닿는다. 가까운 친구들은 사회적으로 안정된 위치에서 일가를 이루는데 난 언제쯤 안정된 생활을 할 수 있을까? 알 수 없는 불안이 밀려온다.

친구가 겪는 고민은 개인의 문제가 아니라 비슷한 또래의 공통적인 화두였다. 앞서 인생을 경험해본 숙련자라면 조언을 건넬 수 있겠지만 비슷한 시기에 다른 방향을 가고 있는 우리는 구체적인 충고를 건넬 만큼의 지혜가 쌓이지 않았고 마음의 여력도 없었다. 자기 힘으로 실행하고 배우며 수득해 나가야 한다. 어른에 대한 규율이나 제도 따위가 규범화되어 있는 건 아니니 막연한 책무감은 내려놓되 선택에 대한 책임을 지는 경건함을 갖추면 된다. 지금과 같은 건강한 생활 사이클을 유지하고 다급하게 무언가를 이루어야 한다는 강박을 버리면 좋겠다는 말을 격려의 뜻으로 전했다.

친구와 대화하며 어른에 대한 정의를 새삼 떠올려본다.

모든 어린이는 어른이 되는 수순을 피할 수 없다. 자연스러운 변화인데도 어른의 단계에 도달하지 않은 아이부터 성년이 된 사람들까지 '어른'이라는 단어를 곤란한 질문으로 받아들이는 것 같다. 마치 사용 설명서를 유실한 새 가전제품을 다루듯 어쩔 줄 모르며 우왕좌왕하거나 최대한 그 시기를 미루려 한다. 대학 졸업을 유예하거나 진로에 대한 고민으로 무작정 유학길에 오르고 무난한 대안으로 공무원 시험을 준비한다. '진짜, 어른이라는 것은 무엇일까?' 고민하다 보면 그 환상에 도달한 사람은 희박할 것 같다는 생각이 든다.

저마다 어른스러움에 대한 기준은 다르겠지만 자신의 나이나 경험이 전부라고 믿으며 다른 것을 받아들이지 못하는 협소한 태도를 경계하는 게 중요한 것 같다. 내가 틀릴 수도 있다는 걸 아는 것, 계속해서 무언가를 배워가며 더 나은 내일을 그리려는 태도. 이상적인 듯하지만 불가능하진 않다.

놀이터에서 뛰노는 아이들을 보면 '어린이'는 한두 가지 타입으로 나누거나 구분할 수 없을 만큼 다양하다. 수줍음을 많이 타는 아이가 있는 반면, 친구들을 적극적으로 불러

모아 뛰노는 골목대장이 있다. 공주 원피스를 입은 새초롬한 아이도 있고, 선생님의 사랑을 독차지하는 싹싹한 아이도 있다. "아이는 아이다워야 해"라는 말을 하지 않듯 어른에 대해서도 마찬가지 시선을 가져야 한다. "어른은 어른다워야지. 그 정도 나이 됐으면 이 정도쯤은 해낼 수 있어야 해"라는 훈수를 듣게 되면 진지하게 선을 긋는다.

"당신이 생각하는 어른과 내가 되고 싶은 어른의 기준은 차이가 있나 보네요."

내가 정의하는 어른은 마음 한구석에 자신만의 질리지 않는 장난감이나 뛰놀고 싶은 놀이터를 하나씩 갖고 있어야 한다.

인생 전반에 걸쳐 보면 아이에서 어른이 되는 과정은 비교적 짧지만 어른으로서 살아가는 기간은 길다. 긴 세월 어른으로 살아가기 위해 필요한 건 시간의 흐름에 맡겨진 육체는 노화되어도 마음과 정신의 생기는 유지하는 것. 나이가 들수록 목적과 의미를 찾기 어렵고 웃을 일이 줄어드는 게 자연스럽다고들 하지만 즐거움이 빠진 건조한 삶은 경계하고 싶다. 내가 지금 무엇을 하고 싶은지 모르는 상태로 해야 할 의무에 치여 사는 건 일상을 꾸리는 기술을 익히지 못한 미숙한 어른으로 비친다. 내 마음 상태와 생활조차 제대로 간수하지 못하는 어른의 곁에는 더 이상 챙겨주는 따뜻한 손길이 없다. 언제까지고 부모님이 알림장을 챙겨주고 이름표를 붙여줄 순 없다. 어른이 된 뒤에는 손수 챙기고 움직여야 한다.

어른이 되어 누릴 수 있는 건 선택의 자유다. 자유로운 선택의 기회가 주어졌다면 그것을 활용해서 내가 바라는 어른의 모습으로 완성되어 가면 된다. 어떻게 하면 좋은 어른이 될 수 있을까를 진지하게 고민하고 나만의 답을 정의 내릴 수 있는 사람이 진짜 어른이 될 수 있다.

"어떤 게 어른스러운 걸까? 난 어떤 어른으로 살고 싶을까? 어른스럽다는 것의 정의는 뭐지?"

생각하다 보면 의미 있는 나만의 답안을 내릴 수 있을 것이다. 어른이 되는 과정은 처음이니 낯설고 어려운 건 모두 마찬가지. 사회적 기준에 대한 의식과 지나친 기대에 걸려 넘어지거나 부응해야 한다는 조급증을 갖지 않으려면 나만의 답을 찾자. 난 아무것도 느끼거나 배울 줄 모르는 무색무취의 어른이 아닌 호기심과 즐거움을 마음껏 누리는 순수한 어른이고 싶다. 마음에 설레는 꽃다발을 계속해서 잃지 않았으면 좋겠다.

언젠가 카페 옆자리에서 영어 단어를 공책에 옮겨 적는 할머니를 본 적이 있다. 반듯하게 허리를 펴고 앉아 집중하고 계신 모습에 시선이 향했다. 어쩌다 할머니와 대화를 나눌 기회가 생겼을 때 영어 공부를 하는 이유를 여쭈어 보았다. 할머니께서는 또박또박 적은 단어장을 보여주시며 손녀에게 영어 단어를 알려 주기 위해 공부를 시작하게 됐다고 말씀하셨다. 그 이야기를 하실 때의 해사한 웃음이 잊히지 않는다. 그때 그 할머니는 내가 바라는 어른의 모습에 가까웠다. 과거에 배운 기술과 고정된 신념에 갇혀 있지 않고, 새로운 시도를 할 수 있는 어른, 할머니의 마음속에는 녹슬지 않은 귀여운 소녀가 있었다. 그 소녀를 잃지 않는 게 내면의 단단한 힘이 되어줄 것이라는 사실을, 더욱 삶을 풍요

롭게 만들어 준다는 것을 알고 있다.

시간이 흐르더라도 마음속에 소년과 소녀를 간직하되, 행동에 대한 책임을 지고 주변에 긍정적인 기운을 전하는 것, 그게 내가 바라는 어른상이다. 어른스러움에 대한 강박이나 고집은 풀이가 끝난 지난 학기 문제집처럼 버리자.

높이 올라갔다

내려오는 그네처럼
이런 흔들림도
자연스러운 게 아닐까.

누구나 어른이 되는 건
처음 겪는 건데,
수월하기만 할 순 없지.

여러 흔들림에도
좌절하지 않는 게,
진짜 어른인 것 같아.

엄마

변치 않는 사랑과 애정을 주는

유일한 존재.

엄마

속내를 드러내지 않는 성격은 아빠를 닮았지만 외형은 엄마를 닮았다. 커가면서 어떤 부분에서는 엄마의 많은 부분을(부모로서 존경할 만한 부분이든 순응하고 싶지 않은 부분이든) 비슷하게 닮아가는 게 달갑지 않았다. 엄마의 유년 시절의 해소할 수 없는 기억은 헤아릴 수 없이 아팠고, 생활력과 맞바꾼 통증의 만성화는 보상할 수 있는 방법이 없어 마음이 무거웠다. 난 엄마가 걸어온 삶의 거취를 나의 언어로 표현하고 싶었다. 엄마에 대한 감정은 복합적이었는데, 지극한 애정에 대한 감사를 넘어 가엾음이나 애틋함을 느낄 때도 있었다.

엄마는 내게 가까운 친구이자 그 자리에 개켜 있어야 안심이 되는 익숙한 이불이었다. 오래도록 덮고 뒤집어썼던 이불은 가장자리가 해지거나 뜯어졌지만 따뜻했다. 손때 묻은 이불에는 희미하지만 흐뭇한 미소와 애정이 묻어난다. 엄마와 함께한 기억과 이야기들이 엮여 나라는 사람을 형상화했다. 이불은 손에 쥐고 있다가 어느 순간 안 보이면 어디로 갔는지 이곳저곳을 둘러보며 찾게 된다. 날카로운 세상에 부대끼고 옷깃을 여며도 찬기가 느껴질 땐 나를 안심시켜주는 온기가 간절하다.

뒤돌아보면 그 자리에 늘 있는 이불과 같이 엄마는 나를 감싸주었다. 그럼에도 나는 엄마의 삶을 닮고 싶지 않았다. 엄마의 고민과 불안이 내게 이어져 내려오지 않기를 바랐다. 엄마가 겪었던 마음고생을 비껴가는 모습을 상상하다가도 악몽처럼 비슷한 상처를 겪을까 봐 두려웠다. 결혼이나 가정에 대한 부정적인 생각을 갖게 된 건 엄마와 비슷한 선택을 반복할지 모른다는 초사에서 비롯됐다. 난 어디 내놓아도 부끄럽지 않을 만큼 번듯하게 사는 모습을 엄마에게 보여주고 싶었다. 나의 노력과 의지에 따라 주어진 조건을 뛰어넘는 성취로 삶을 윤택하게 만들어낼 수 있으리라 믿고 싶었다. 엄마 세대는 시대적 상황과 생활 형편으로 인한 어려움을 극복하는 데 한계가 있었다. 그에 비해 난 비교적 평탄하게 자랐고, 선택의 기회가 넓었다. 꾸준한 의지와 지혜로운 안목이 있으면 더 나은 방향으로 향할 수 있고, 원하는 바를 실현할 수 있었다. 엄마 또한 우리 자매가 자신보다 더 나은 삶을 살아가기를 바랐다. 그 바람대로 나와 언니는 자립하여 안정적으로 살고 있다.

성인이 된 이후에도 엄마가 겪은 질곡이나 어려움을 답습하지 말아야겠다는 다짐을 곱씹었다. 부모 세대가 겪은 경제적 정신적 결핍은 자연스레 닮아가는 이목구비나 체질처럼 내 안에서 싹 틔울지 모른다는 염려가 있었다. 이 두려움은 어린 시절의 엄마가 부모를 보며 가졌을 생각과 흡사할 것이다. 너무도 간절한 바람은 이루어지지 않는 것일까. 엄마는 원했던 꿈과 달리 가정에 충실한 남편을 만나지 못했다. 유년의 가난과 상처, 녹록치 않은 결혼 생활과 경제활동의 여파는 욱신거리는 관절 통증으로 남았다.

자신이 겪었던 상처를 대물림하고 싶어 하는 부모는 세

상에 없다. 내가 겪은 어려움을 내 자식만큼은 피해 가기를, 더 좋은 사람을 만나 행복한 삶을 꾸릴 수 있기를 바란다. 엄마는 통화를 할 때면 우리가 각자의 생활을 잘 꾸려 나가는 것에 대해 고맙다고 말했다. 잘해준 것보다는 부족했던 것이 많았는데 훌륭하게 성장하였다며 흐뭇해하셨다.

엄마의 모습을 닮을까 봐 두려워한 건 엄마의 생과 나 사이에는 명확한 경계선을 긋고 싶은 마음 때문이었다. 개별적 자유와 의사결정을 존중하는 가정의 분위기에 만족하지만 엄마, 아빠를 통해 경험한 결혼 생활은 안정감이나 화목과 거리가 멀었다. 여자로서 평가한다면 엄마의 삶에서 결혼은 하지 않았으면 좋았을, 어려움과 고초의 원인이었다. 난 엄마와 비슷한 경험을 할지도 모른다는 공포가 있었다. 내 안목이나 선택에 대한 확신이 없으니 누군가를 만나 가정을 꾸리거나 미래를 함께하는 일에 대해서는 애초에 논외로 두었다. 부모의 의무에 최선을 다한 엄마에게 고마운 한편, 난 내가 잘못된 선택을 할까 봐 방어적인 태도를 고수했다. 실패한 연애는 내가 안목이 없다는 사실의 반증이라고 여겼다.

오래전 엄마가 쓴 일기장을 본 적이 있다. 엄마의 속마음이나 형편을 인지하지 못했던 어릴 때였는데도 흘려 쓴 글씨를 읽어 내려가며 무언가 잘못되었다는 것을 눈치챘다. 엄마의 마음속 어딘가가 뒤틀리거나 잘못되어 불안하다는 것을 느꼈다. 가계부의 뒤편에 쓴 짤막한 일기에서 답답한 심경을 읽어 내려갔다. 엄마의 내밀한 심경까지 전부 알 수 있는 건 아니지만 부부의 굴레에서 느끼는 어려움과 부양해야 할 자녀에 대한 책임의 무게가 느껴졌다.

함께 살 때 엄마의 우울감을 목도하면 회피하고 싶었다. 술을 마시고 늦은 밤 귀가한 엄마가 조용히 잠들기를 바랐지만 그럴 수밖에 없었던 심정을 헤아리게 된다. 엄마는 술잔을 기울이며 고단한 몸의 피로, 마음의 근심을 덜어내려 했던 것이다.

엄마는 자녀들이 원하는 것에 대해 응원하고 지지해 주었다. 자녀가 원하는 미래 계획과 진로를 반대하거나 교육을 명목으로 강요하지 않는 자유방임형이라 독립심을 가질 수 있었다. 타인에 대한 예의를 가르치되 하고 싶은 일에 대해 지지해준 것은 부모로서 존경할 만한 부분이다. 가정이

나 부모에 대한 규정화된 기준을 갖지 않게 된 뒤로는 엄마에 대해 부모로서 충분히 책임을 다했다고 생각한다.

가정 환경이 사람의 인성과 미래를 좌우하기에 불우한 형편에서 자란 상대와 교제하기 꺼려진다는 가까운 동료의 의견에 동의하지 않았다. 주어진 조건은 내 의지나 노력이 관여할 수 없는 영역이다. 고정된 선택지는 인정하되 내 힘으로 바꿀 수 있는 것들을 원하는 모양으로 만들어가면 된다.

엄마에게 느낀 불안은 주어진 조건에서 벗어나 나만의 삶을 만들어가고 싶은 욕구에서 비롯된 것 같다. 엄마와 아빠를 통해 최초로 목격한 유대 관계는 갈등의 여진이 잦았다. 나는 좀 더 평탄한 삶과 안정감 있는 신뢰 관계를 만들고 싶었다. 엄마의 독립심과 책임감은 닮되 더 나은 선택으로 다른 인생을 살고 싶었던 것이다. 엘레나 페란테의 《성가신 사랑》 속 달리아가 어머니 아말리아를 사랑하고 동경하면서도 그녀의 습관이나 행동 등을 닮지 않으려고 의식적으로 노력하듯, 나는 엄마와 비슷한 삶을 살지 않겠다는 다짐을 했다.

오랜만에 집에 내려갔던 때였다. 엄마와 저녁을 먹고 집으로 돌아가는 길이었다. 내가 서울로 올라갈 때면 엄마는 맛있는 과일과 반찬을 쇼핑백에 가득 담아 건넸다. 바라만 보아도 배가 든든하게 차오를 듯 정성이 가득한 찬거리를 들고 걸어갈 때 엄마는 이런 말을 했다.

"언젠가 더 시간이 흘러 네가 엄마 나이쯤 되면 이 밤거리가 떠오를 거야. 함께 밥을 먹고 같이 걷는 이 길을 떠올리며 같이 나눈 대화가, 지금 이 밤공기가 아련히 생각날 거야. '우리 엄마가 그랬었지'라고 중얼거리며 그리워하게 될 그런 날들이 올 거야."

그 말을 듣는 순간 문득 내 안에서 엄마에 대해 부정했던 저항감이 눈 녹듯 사라졌다. 엄마를 닮고 싶지 않다는 말은 그 흔적을 내 안에서 지우고 싶다는 뜻이 아니었다. 내 자식만큼은 나보다 더 나은 삶을 살았으면 좋겠다는 엄마의 바람대로 어엿하게 잘 사는 모습을 증명하듯 보여주고 싶었다. 당신의 도움으로 나는 이렇게 잘 자랐다고, 그간의 노력과 희생을 통해 당신의 딸은 좀 더 나은 삶을 살게 되었다고.

'아, 엄마는 내게 그런 존재구나.'

엄마가 경험을 통해 빚어낸 지혜와 사랑이 내 안에 알게 모르게 쌓여 있는 걸 느낄 수 있었다. 그 소중한 것들이 마음을 지켜주고 있다는 걸 간과했다.

"날 추운데 따뜻하게 입고, 건강히 잘 지내."

엄마가 건네는 응원과 안부가 나의 삶을 따뜻하게 데워주었다. 그 온기를 당연하게 느꼈다는 걸 그제야 자각했다. 소중한 것들은 눈 깜짝할 사이에 떠나거나 홀연히 지나간다. 좋았던 일들, 사랑하는 사람들과의 소중한 시간은 무한하지 않다. 그 찰나의 아름다움은 오래도록 기억할 수 있도록 충실하게 사랑하고 아낌없이 표현해야 한다.

이젠 엄마를 통해 보고 배운 것들을 수긍하고 받아들일 수 있게 됐다. 나에게서 엄마와 비슷한 목소리가, 나이 듦에 따라 보이는 엄마의 이목구비와 인상이 얼굴에서 드러나는 게 자연스럽게 여겨진다.

'내가 엄마의 딸이라 참 다행이구나. 좋구나.'

선명한 엄마의 얼굴을 떠올리며 생각한다. 나이가 들어도 변치 않고 내게 남아 있는 무해한 사랑과 애정은 엄마가 유일하다고, 그 사랑이 험난한 여정을 나아가는 데 큰 힘이 된다고.

소풍날.

엄마가 싸준
도시락에는
어슷썬 맛살이
한쪽에 있었다.

귀여워.

소풍 전날, 간식에
너그러워지는 엄마.
소풍 때 먹고 싶은
과자 골라와.
너가 좋아하는
자몽 사줄까?
좋아!
지금도 엄마와
마트로 장보러
가는 건 즐겁다.

이름

누군가 불러주는 것만으로도

선물처럼 즐거운 단어.

이름

난 어렸을 때부터 내가 가진 물건에 애착이 많았다. 흥미를 잃은 뒤로 손이 잘 가지 않는 장난감이나 책도 엄마가 버리려 하면 떼를 쓰며 감춰두었다. 그 이유는 내가 지닌 물건이 이 세상에 하나밖에 없다는 생각 때문이었다. 공장에서 찍어낸 수백 개의 곰돌이 인형 중 하나라도 '똘이'라고 이름 붙인 순간 그 인형은 대량 생산된 봉제인형이 아니라 나만의 친구 '똘이'가 된다.

이렇듯 이름을 붙여서 부르면 그 존재는 특별한 대상이

되며 친숙감이 높아진다. 이름을 붙이는 건 그 대상에 의미를 더하는 일이며 불러주는 이들을 통해 특별한 가치를 부여받는다. 그 사실을 의식하고 작명 놀이를 했던 건 아니지만, 난 어린 시절에 물건과 자전거, 인형을 소중히 대하며 이름을 붙였다. 관심사와 유행에 따라 붙인 이름의 동향은 달랐는데, 마법 소녀물 만화를 즐겨봤을 땐 '세라', '주피터', '머큐리' 등이라 이름을 지었다. 해리포터에 빠졌을 때 키웠던 햄스터 두 쌍의 이름은 각각 '해리'와 '포터'였으며 외자 이름에 낭만을 가졌을 땐 크리스마스 선물로 받은 마론 인형을 '루이'와 '은이'라 불렀다.

김춘수의 '꽃'이라는 시를 통해서도 이름의 힘은 여실히 알 수 있다. 내가 그의 이름을 불러주었을 때 하나의 몸짓에 지나지 않던 존재는 나에게 꽃이 되는 기적. 그게 이름이 가진 힘이다. 이름을 붙이는 것, 이름을 불러준다는 것은 당연한 듯하지만 태만히 넘길 만큼 사소하지 않다. 이름을 불러주는 이의 말씨에서도 나의 존재가 그에게 미치는 영향과 무게를 알아차릴 수 있다. 상대방이 부르는 내 이름 속에 녹아 있는 질량을 가늠해보는 것이다. 성을 붙여 부르는 것, 이름만 부르는 것, 천천히 느긋하게 부르는 것, 신경질적으로 버럭 소리치며 부를 때, 각각 이름의 무게는 다르다. 그래서 난 이름을 부르는 이의 어투와 표정을 세심하게 본다. 때로는 이름을 불러주는 다정한 음성에 감동하고, 조심스러운 어투에서 배려를 느낀다.

영화 <레이디 버드> 속에 크리스틴은 '레이디 버드'라는 이름을 자신에게 붙이고 누굴 만나든 '레이디 버드'라고 당당히 소개한다. 주변인들은 그녀가 작명한 닉네임이 아닌 '크리스틴'이라는 본명으로 부를 때가 대부분이지만 그녀는 꿋꿋하게 '레이디 버드'라고 불러 달라는 요구를 한다.

영화에서 좋았던 부분을 꼽자면, 레이디 버드가 졸업 무도회에서 입을 드레스를 고르는 장면이다. 그녀는 졸업 무도회에서 입을 옷으로 채도 높은 분홍 드레스를 고른다. 드레스를 입은 딸의 모습을 본 엄마는 언짢은 어투로 너무 튄다고 지적한다. 그러자 레이디 버드는 말한다.

"엄마, 만약 이게 지금 나의 최선의 모습이라면요?"

그녀는 자신이 될 수 있는 선에서 최고의 모습이 되길 바랄 뿐이었다. 고유의 개성을 잃지 않으며 그 안에서 최고가 되려는 것. 나를 잃지 않으려는 레이디 버드의 고집스러운 자아는 스스로의 이름을 고쳐 부르는 모습을 통해 잘 드러난다.

여러 시행착오 속에서 정체성을 뚜렷이 만들어 나가던 레이디 버드는 자신의 가정과 고향, 본래 이름에 대해 부정했던 지난 시간을 되돌아본다. 진정한 자아를 찾기 위해서는 감추고 싶었던 치부나 증오했던 가정 환경조차 나라는 개체를 이루는 구성 요소라는 걸 받아들인다. 그녀는 더 이상 레이디 버드라는 이름만 고집하지 않는다. 다른 이들에게 자신을 소개할 때 부모님이 지어준 이름인 '크리스틴'이라 소개한다. 내가 불리고 싶은 이름이나 불렸던 이름 모두 내 존재를 상징하는 조각의 일부라는 걸 의연하게 받아들이는 것은 레이디 버드의 성숙한 변화를 보여주는 장면이다.

라비니아는 나만의 고유명사를 갖고 싶어서 지은 필명이었다. 글을 쓸 때만큼은 늘 불렸던 이름에 가려져 또 다른 색안경이나 고정적인 인식이 덧씌워지지 않길 바랐기에 사용하고 있다. 누구든 레이디 버드나 라비니아처럼 불리고 싶은 이름이 하나쯤은 있는 것도 좋을 것 같다. 내가 의미를 덧대고 싶은 조화로운 글자와 단어로 만든 그 이름이 자신만의 고유명사로 자리매김하거나 새로운 정체성을 부여하는 특별한 기회를 만들어줄 수 있을 테니까.

본명이든, 필명이든 불러주는 존재가 있다는 사실은 벅차고 즐거운 일이다. 어떤 말이든 불러주는 이에게 나의 이름이 선물처럼 즐거운 단어였으면 싶다.

라비니야.

다정한 말씨로
이름을 불러주는 게 좋다.
응! 고마워.
너 생각나서 사왔어.
이거 먹어.

글

새로운 것을 파헤치며

낯선 세계와 조우하는 일.

⌒ 글 ⌣

원고 작업을 할 때는 카페에 자주 간다. 오래 앉아 있어도 엉덩이가 아프지 않고, 의자와 테이블의 높이가 안정감이 있어 착석했을 때 편안하며 널찍한 테이블을 선호한다. 책이나 노트북, 태블릿을 늘어놓고 작업해야 하는 나에겐 넉넉한 넓이와 간격의 테이블이 꼭 필요하다. 집중도를 높여주는 적절한 백색 소음과 너른 테이블이 있는 쾌적한 카페라면 카페 알바생과 눈인사를 할 정도로 노상 다닌다.

그날도 원고 작업을 위해 들른 카페에서 시원한 티를 주문하고 이층으로 올라가는 중이었다. 문득 나의 시선을 잡아끈 건 구석에 있는 잡지꽂이였다. 그곳에는 다양한 주제의 잡지들이 홍보용으로 비치되어 있었다. 잡지를 훑어보며 누군가를 상기했다. 기억 속 그 사람은 잡지뿐 아니라 세상에 모든 활자들은 전부 읽어야 직성이 풀릴 만큼 책을 좋아했다. 매주 도서관에 가서 두 손 가득 무겁게 책을 빌린 뒤 카페에서 읽는 것을 좋아했다. 빌려 온 책에서 만족하지 않고 열심히 책을 사들였던 그 사람의 낙은 책 쇼핑이 분명했다. 집 앞에 배달된 택배 상자에는 대부분 책이 들어 있었다. 매달 새 책을 받을 때면 택배사에서 함부로 취급하여 책날개가 구겨지거나 책등에 흠집이 났다며 투덜거렸다.

약간의 구김이나 밑줄을 긋는 일조차 이해하지 못했던 그는 고매한 예술 작품처럼 책을 소중히 대했다. 책을 깨끗하게 보는 것에 최선을 다하는 사람이었으니 자신의 책을 타인에게 빌려주는 것에도 인색했다. 그가 유일하게 책을 빌려주는 건 나밖에 없었다. 그조차도 큰 결심과 애정을 기반으로 한 충분한 이해심이 동반된 것이었다. 어느 정도 책의 흠집이나 구김, 훼손의 가능성을 열어두고(즉 마음을 비우고) 빌려주었다.

그때, 우린 자주 카페에 갔고, 같은 공간에서 서로 다른 텍스트를 읽었다. 빌린 책을 카페에 가져가서 읽을 때도 있었지만, 비치된 잡지를 보는 것도 즐겼다. 달마다 바뀌는 새로운 주제의 잡지를 보며 사소한 이야기를 나누었다. 잡지에 소개된 물건들은 구매하기엔 과도한 비용이라 예쁘다고 평하는 것에서 그쳤지만 전시회나 식당, 카페, 공연 등에 대한 정보를 잡지에서 얻곤 했다.

소개된 장소를 찾아가는 건 색다른 재미가 있었다. 공간이 가진 의미와 메뉴 소개, 주인장의 인터뷰를 읽고 직접 방문하는 건 새로운 탐험이었다. 도시에서 하는 짧은 탐험에 합류하는 걸 나는 즐겼고, 그 또한 새로운 공간을 찾아가는 것에 흥미를 느꼈다. 카페에 비치된 잡지를 읽고 우리처럼 유용하게 사용하는 사람들은 없을 거라고 말하며 뿌듯하게 웃었다.

지나가다 발견한 잡지 한 권은 과거의 기억을 소환시킨다. 지금도 한적한 카페에 앉아 새로 나온 잡지를 열심히 훑어보고 있는 그 친구를 상상해본다. 나에게 새로운 텍스트의 세계를 알게 해준 그에게 불현듯 고마움이 일었다. 잡지 한 권, 책 한 권에서 순수한 기쁨을 누리는 사람을 통해 책 읽기의 즐거움에 푹 빠졌던 시기다. 내가 그때를 좋은 시절이라고 생각하는 건, 텍스트에 대한 순수한 열의가 있던 사람에게서 자연스럽게 전이된 독서의 즐거움이 생각의 폭을 넓혀 주었기 때문이다.

한 줄의 문장도 놓치지 않는 그 사람의 모습은, 순수한 열의와 호기심을 지니고 있었다. 마치 아이가 'ㄱ', 'ㄴ'이라고 적힌 글자 표에서 눈을 떼지 않고 반복적으로 가리키듯 왕성한 즐거움이 드러났다. 이건 내가 좋아하는 모습 중 하나다. 나는 사소하지만 무언가를 열렬하고 순수하게 좋아하는 사람을 보면 매료된다.

어떤 일에 매료되어 순수하게 감동하는 것은 새로운 것을 흡수하거나 수용할 수 있는 넉넉한 마음을 소유했다는 것이다. 낯선 세계와 조우하는 것에서 느끼는 재미는 어설픈 치기나 배움에 대한 부담이 없다. 그저 무언가를 알아가는 행위에서 즐거움을 느끼는 것이다. 배움의 목적을 두지 않고 순수한 즐거움의 대상으로 텍스트를 누리는 게 얼마나 좋아보였던지. 그는 아마 평생 책에 의존하지 않으면 재미를 느끼지 못하는 사람일 것이다. 나도 그때처럼 다시 책 읽기에 푹 빠지고 싶다.

무언가를 써야 한다는 강박에 지쳐 있을 땐 무언가를 열심히 읽던 내가 그립다. 마냥 읽던 책이, 한 권의 잡지가, 한 줄의 문장이 무기력에서 나를 구하고 위로한다.

글을 쓴다는 건
POST

독자들에게 나의
비밀 이야기를 전하는 편지 같아.
POST

내 진심이 누군가에게
의미 있는 무언가를 남기면 좋겠어.
POST

그게 위로든 공감이든.

집

내 삶을 옮겨 담은 곳이자

어떻게 살고 싶은지에 대한 답을

찾을 수 있는 근거지.

집

《빅이슈코리아》 매거진에서 '스쳐가는 집에 대하여'라는 인터뷰를 본 적이 있다. 주요 내용은 20대 여성이 서울의 한 원룸에서 살면서 느낀 점과 집이 가진 의미, 자신이 머무는 주거 환경에 대한 의견을 담은 글이었다. 서울 집값이 비싸다 보니 사회 초년생이나 학생들은 월세 집에서 사는 경우가 대부분이었고 이사는 연례행사가 돼버렸다. 그러한 현실적 문제와 고민을 다룬 기사 내용은 서울에서 자취하는 나에겐 공감가는 주제였다.

나는 내가 머문 집과 환경에 만족한 적이 없었다. 경제적

한도 내에서 집을 고르다 보니 선택의 폭은 제한적이었다. 누군가 왜 이곳에 사느냐고 물으면 이유는 하나였다. 전에 살던 곳보다 월세가 저렴했으니까. 취향에 걸맞은 동네와 위치를 골라 살 수 있는 여유는 언제쯤 누릴 수 있을까. 부동산을 전전하며 발품 팔던 때를 떠올리면 이런 한탄을 하는 게 우습기도 했다. 처음 서울에 상경했을 땐 마음 편히 몸만 뉘일 수 있다면 어떤 곳이든 좋겠다 싶었는데, 이젠 좀 더 넓고 쾌적한 곳에서 살고 싶어졌다.

당장 꿈을 이룰 현실적 조건이 마련되지 않았다고 해서 이상을 포기해야 하는 건 아니다. 삶의 태도는 머문 공간에 남기에, 살아가는 곳에 대한 애정을 갖는 건 중요하다. 집은 곧 쉼과 이어져 있으니 그 안에서 최대치의 만족을 끌어낼 수 있어야 한다. 나만의 이야기와 추억을 쌓으면 보잘것없어 보이는 공간도 다르게 보이며 누가 머무느냐에 따라 거처는 새롭게 완성된다.

집이란 사적인 쉼의 근거지다. 지극히 개인적인 취향과 생활 패턴에 따라 상이한 집 구조나 인테리어를 보는 건 재미있는 일이다. 어렸을 때 나만의 방을 갖는 게 꿈이었다.

아이들이 운동장을 누빌 때 나는 놀이방에 있는 집 모형에 들어가 좁은 창으로 바깥을 보았다. 사면이 막혀 있는 곳이라면 어디든 좋았다. 구겨진 종이처럼 꾸역꾸역 기어 들어가야 하더라도 혼자 있는 공간을 원했다. 그 바람은 내가 고요히 뿌리내릴 수 있는 안정적인 환경에 대한 갈급함이었다. 마음 편히 정박하여 휴식할 수 있는 곳이 어디에도 없었다. 가족들과 있을 땐 아무도 모르게 숨죽여 울 수 있는 구덩이라도 있다면 좋겠다고 바랐다.

고향 집에서 가족들과 살을 맞대고 살 땐 마냥 편안하진 않았다. 익숙한 가구의 배치, 문을 닫고 있어도 희미하게 들려오는 TV 소리, 부산스럽게 아침을 준비하며 도마 위에서 칼질하는 엄마의 소리. 우리 집은 분주했고, 여러 시간을 겹쳐 사는 4인 가족의 움직임에는 크고 작은 소음이 일었다. 언니는 중간 크기의 방을 쓰고, 아빠는 거실에서 머물며 나는 작은 방에서 엄마와 잠을 잤다. 서울로 취직하기 전까지는 집 잃고 떠도는 민달팽이처럼 빈방으로 자리를 옮겨댔다. 아빠가 외출했을 때는 거실로, 엄마가 없을 때는 엄마의 방으로, 언니가 집을 비울 때는 언니의 방으로 향했다. 떠도는 이주민 같은 생활이 불편한 건 어쩔 수 없었다. 집에서 그림을 그리거나 책을 읽는 내 모습은 가족들의 눈에는 안위에 대한 걱정 없는 미련한 백수로 비춰졌다. 취직에 대한 압박과 잔소리가 이어졌다. 남들 눈치 보지 않고, 해이한 여유를 누릴 수 있는 나의 구역을 갖고 싶었다. 이 바람은 결정적으로 보증금 없이 서울로 떠나온 이유였다.

풀옵션, 모던이라는 형용사와 어울리지 않는 3평 남짓의 고시원에서 살게 됐을 때, 아무도 없이 잠자리에 드는 기분은 낯설었다. 그토록 바라던 홀로서기가 시작됐다는 사실을 실감하며 야릇한 불안과 슬픔을 느꼈다. 고시원 첫 입주날, 주차할 곳이 마땅하지 않았던 건물 앞에 임시로 차를 세우고, 부모님은 짐을 내려주었다. 방 구조가 어떠한지 살펴본 뒤 두 분은 차가 막힐 시간이라 저녁도 먹지 못하고 고향으로 내려갔다.

급작스러운 이별에 당황하듯 나는 멀어지는 부모님의 차를 망연히 보았다. 두 분이 떠나고 난 뒤 3평 남짓의 자유가 허락된 낯선 방에 들어섰을 때 막막했다. 홀가분한 척 고향집에서 쓰던 익숙한 베개를 침대 위에 올려놓고 누웠다. 고요한 방은 적막했다. 무거운 추를 가슴 한편에 매달아 둔 것과 같은 둔중함이 일었다. 막상 단신으로 남겨지니 쓸쓸했다. 이 감정은 공연히 따로 떨어졌다는 사실에 주목하여 스치는 외로움이라 여기며 넘겼다. 돌아가는 길 조심히 잘 가고 있는지 부모님께 안부 전화를 한 뒤에도 공허감은 사라지지 않았다. 혼자라는 사실은 자유롭지만 정적을 받아들일 수 있는 마음의 준비가 되어 있지 않으면 견디기 힘든 것이었다.

서울살이 첫날, 나는 고향 집을 떠올리고, 엄마의 곁에서 자던 지난밤과 아빠의 TV 소음을 떠올리며 소리 없이 울었다. 나의 첫 독립은 상상한 것처럼 즐겁고, 두근거리지는 않았다. 물때가 낀 낡은 화장실과 몸을 뒤척일 때마다 삐거덕거리는 스프링 침대가 전부인 곳에서 가족과 동떨어져 살아야 한다는 것을 온몸과 마음으로 실감했다. 이 도심 어딘가에 작지만 머물 터전이 있음에 감사함보다는 스산함이 컸다.

훗날 엄마는 나를 고시원에 두고 고향으로 내려가면서 마음이 무거웠노라고 말했다. 딸이 앞으로 살아야 하는 곳이 비좁은 고시원이라는 게 못내 마음 쓰이고 안쓰러워 발

걸음을 떼는 게 어려웠다고. 그날의 기억은 나에게도, 엄마에게도 복잡하고 어수선한 기분으로 남아 있다. 낯선 곳에 동떨어져 시작하는 생활에 대한 막막함과 걱정, 고향에 대한 옅은 그리움 등. 꿈에 그리던 날이었지만 막상 겪게 됐을 땐 의연하게 굴지 못했다. 혼자만의 공간을 갖는 건, 때때로 공허와 외로움을 견디는 일이며 생활 전반에 걸쳐 내 힘으로 이루어 가려는 부지런한 용기가 바탕이 되어야 유지될 수 있다.

첫 독립은 낭만이라는 말과는 동떨어진 치열한 생존 자체였고, 나의 공간은 썰렁한 냉기가 감돌았다. 이 시기를 거치며 점차 안정적인 나만의 터전을 만들어 나갔다. 2년째 살고 있는 세 번째 집을 둘러보며 점차 내가 나아가고 있다고 중얼거렸다. 완벽하지 않더라도 나쁜 건 아니다. 이전보다 더 나은 곳으로 이사하며 발전해가고 있었다. 구색을 갖춰 꾸민 집은 취향과 개성이 담겨 있고, 사적인 추억과 이야기가 하나둘 늘어갔다.

집이 갖고 있는 의미에 대해 고민한다는 건 곧 어떻게 살고 싶은지에 대한 자문이다. 나를 잘 담을 수 있는 곳에서 자신만의 분위기를 만들기 위한 여러 시도를 하고, 지속적으로 일상을 꾸려갈 수 있는 안화한 공간을 만들어가는 게 중요하다.

매거진 《어라운드》 76호에서 집에 대한 것을 다뤘는데, 기억에 남았던 부분을 공유하고 싶다.

> 집에 애정을 느낀다는 건 삶에 대한 애정이고 나 자신에 대한 사랑이지요. 집에서 내가 먹을 식사를 준비하고 마음의 평정을 지켜나가는 일상이 무엇보다 중요하다고 이야기하고 싶어요. 우리는 이런 사소하고 간단한 일을 하기 위해 일을 하고 있는 것이 아닐까 하는 생각도 들고요.
>
> _아티스트 이서재 中

가보고 싶은 곳도 많고
궁금한 것도 많은 나.
OPEN
BREAD
내향적이지만
집순이는 아니다.

물론 가끔은
익숙하고 편안한
공간에서의 쉼이
필요할 때도 있다.

성장

나의 의지로 무언가를 이룰 수 있음을

믿고 만들어가는 일.

성장

출간 후에는 독자들의 후기를 자주 찾아 본다. 공감하면서 읽었다거나 위로받았다는 글을 보면 책장 사이에 은행잎을 끼워두듯 소중히 기억해 두었다가 몇 번이나 그 말을 들척여 본다. 명석한 깨달음이나 훌륭한 배움을 전할 지적 소양이 미천한 내가 유일하게 잘하는 건 생각한 것들을 나의 언어로 표현하는 일이다. 그 기록을 누군가 읽고 그에 대한 의견이나 경험을 첨언하는 건 쑥스럽지만 과분할 정도로 감사가 넘치는 일이다.

첫 책이 나온 뒤 여러 후기와 감사의 말을 전해 들었다. 얼굴도 모르는 누군가가 책을 읽고 먼저 연락을 해오는 일, 자신의 내밀한 고민을 터놓으며 책을 통해 힘을 얻었다고 전한 분들께 깊은 고마움을 전하고 싶다. 그분들의 응원은 작지만 단단한 씨앗이 되어 마음에서 움텄다. 협소한 시각에서 벗어나 그 너머를 고민하고 제시할 수 있는 무언의 힘을 길러 주었다. 나에게 보내준 응원과 격려를 통해 글쓰기에 대한 버거움을 비워내고 성장할 수 있었다. 미진하지만 꾸준하게 해나가는 힘을 재능의 범주에 끼워 넣을 수 있다면 난 재능이 있다고 볼 수 있지 않나. 포기하지 않고 매일 써내며 고양시킨 글쓰기의 소산은 소중하다.

신랄하거나 무람된 의견들에 대해서도 감사히 여기는 편인데, 기대했던 내용과 다르다던가, 미숙한 경험이 투정으로 느껴진다는 의견도 본 적 있다. 비판적 말에 마음 상할 때도 있지만 정직한 글쓰기에 대한 평가는 나뉠 수 있다고 생각한다. 난 내가 경험하고 배운 것들 안에서 신중히 판단하고 정리하여 기록한다. 아직 경험이 부족하여 생각이 협소하거나 지혜로운 대처 방법을 알지 못하며 허청댈 수도 있지만 뭐 어떤가. 내가 가는 보폭과 속도, 방향에 대해 누군가 첨언한다면 필요한 조언은 감사히 듣고 불필요한 참견과 비난에 대해선 침묵하거나 귀 기울이지 않는다. 부족한 건 채우고 모르는 건 배워가며 상비약을 보비하듯 지혜롭게 삶을 만들면 된다.

나에게 중요한 건 노력 없이 얻을 수 있는 획기적 기회를 바라다 도태되거나 중단하지 않는 것이다. 시기마다 배우고 깨닫고 완성되어 가는 족적이 담긴 글을 쓰는 것, 글과 삶이 합일하여 계속해서 성숙을 도모하기를 원한다. 완전무결한 무언가를 만들어 내겠다는 포부나 계획은 완성에 도움이 되지 않는다. 때마다 달라지는 시류와 까다로운 시선으로는 완벽한 성취를 이루는 건 불가능하다.

과거엔 찬탄할 만큼 대단해 보이던 결과물이나 세련된 유행도 시간이 흐른 뒤에 보면 하찮은 솜씨나 촌스러운 것으로 전락한다. 성취에 대한 지나친 자기 검열과 높은 기준은 실행력의 날개가 되기에 적합하지 않다. 새가 날기 위해서는 상승 기류를 이용할 수 있는 넓은 날개와 속력을 낼 수 있는 가벼운 깃털을 갖고 있어야 하듯 더 나은 완성과 실행을 위해 필요한 건 근사한 꿈과 실천 계획이 아니라 가벼운 날갯짓을 계속해서 시도하는 것이다. 지나친 완벽을 추구하는 건 바람의 기류를 탈 수 없는 무거운 날개처럼 과중하다. 근사하고 멋진 날개를 갖추는 것보다는 중요한 건 퇴화되지 않도록 날갯짓을 해나가는 것에 있다. 준비되지 않았다고 주저하기보다 작은 시도를 반복하는 것. 이 과정이 완성에 가까워지는 빠른 길이다.

이전에 쓴 책을 읽으면 과거의 내가 객관적으로 보인다. 그 시기에는 보이지 않던 것들이 이제는 하나둘 보이기 시작한다. 지나쳐 온 골목 어딘가의 스치듯 보았던 건물을 떠올리듯 지금에 와서는 과거의 고민과 문제가 희미해지고, 마음은 한결 가볍다. 지난 일을 떠올리며 당시에 이런 선택이나 시도를 해봤으면 좋았을 것 같다는 생각을 할 수 있게 된 걸 보면 이전보다 내가 자라났고 마음이 넉넉해졌다는 것을 느낄 수 있다. 읽었던 후기 중 인상 깊은 글이 있었다.

'완성되어 가는 사람의 글을 읽는 것 같다.'

그 말은 가감하거나 더하지 않은 정직한 표현이며 내 진의를 제대로 파악한 말이었다. 난 완벽하게 만들어낸 무언가를 선보이기까지 '때'를 도모하다 니체의 초인처럼 나타낼 생각은 없다. 그런 완벽한 계획을 실행하기에 시간은 짧고 배움과 성장은 끝이 없다. 난 지금까지 한 번도 완벽한 준비가 된 적이 없었다. 부족하거나 모자란 건 넘쳤고, 서툴러서 후회를 자주 했다. 완벽한 성장을 할 때까지 기다렸다면 난 아무것도 완성하지 못했을 것이고, 제자리에 멈춰 선 채로 성장은 꿈조차 꾸지 못했을 것이다. 어떠한 결과물이 나올지 두렵고 망설여지더라도 시도해야 한다.

지금 쓰는 이 글 또한 성장의 기록 중 하나가 될 것이고, 후일이 지나고 난 뒤에 봤을 땐 아쉬움이 남는 삐뚤빼뚤한 선으로 평가될 수도 있다. 이런 생각을 갖고 있었다니, 또는 좀 더 나은 대안과 지혜를 갖추지 못했다는 것을 반성하며 홀로 얼굴을 붉힐지도 모른다. 가까이 있을 땐 보이지 않다가 거리를 두어야 비로소 보이는 생경한 관점이 있다. 시간이 흐른 뒤 한 뼘 더 성장한 미래의 내가 과거의 내 결과물을 보고 어떤 평가를 내리게 될지 벌써부터 기대가 된다.

대인관계에 대한 배려와 여유를 갖추되 타인에게 나를 양도하거나 의존하지 않고 자립적으로 존재하는 것, 벼린 검을 다루듯 끊임없이 성장하며 완숙한 글을 써내는 것. 이것만큼 명백하고 아름다운 성장이 있을까. 과거의 생각과 선택을 돌아볼 수 있다는 건 이전과는 다른 관점으로 볼 수 있는 폭넓은 시각을 갖추게 됐다는 뜻이며 과거에 안고 있던 화두에서 벗어났다는 의미니, '그땐 왜 그랬을까' 생각하며 부끄러움이나 자조적 수치를 느끼지 않아도 된다. 매일 조금씩 미약하지만 무언가를 완성해가는 게 중요하다. 독자분의 후기 글을 본 뒤로 연재 사이트와 블로그에 소개 내용을 바꾸었다.

'글도 마음도 완성되어 가는 중입니다.'

아무리 조급하게 굴어도 성장은 빨리 이루어지지 않고 변화의 속도는 더디다. 그렇지만 영화 <플로리다 프로젝트>의 무니가 고꾸라져 기둥이 한쪽으로 기운 나무를 좋아했던 이유를 떠올리면 높은 기준을 한 꺼풀 꺾고 계속해서 날갯짓을 할 수 있다. 곧게 하늘로 뻗지 못하였지만 계속해서 기운 상태로 자라는 나무는 오늘의 휘청임과 기울어짐이 대수롭지 않다는 걸 알게 해준다.

"내가 왜 이 나무를 제일 좋아하는지 알아? 쓰러졌는데도 계속 자라서."

빼뚤빼뚤한 선을 긋거나 넘어지면서도 계속해서 성장하는 것, 완성의 지점을 한정해두지 않고 나아가는 게 중요하다. 내가 가는 길엔 제약이 없고, 나의 성장은 꾸준하며 완성은 내 힘으로 해나갈 수 있다.

아직 이렇다할 무언가를
이루지 못했지만

계속해서 쌓아나가는 과정에 있다.
이거 줄까?
잠시만….

언젠가 완성에 도달했다고
이야기할 수 있는 때가 오면 좋겠다.
조금만
힘내!

잘했어!
마지막 블록을
올릴 때의
쾌감이란…!

상처

세상과 사람과 사회를 겪으며

마음자리에 남은 상흔,

상처

B는 심연에 구덩이가 있는 사람이었는데, 그 언저리를 위태롭게 배회했다. B가 가진 불안정함은 나와 상통하는 지점이 있었다. 그녀의 의견에 따르면 상처의 결여로 빚어진 우리는 어딘가 고장 난 기계였다. 그런가? 나도 어딘가 부서지고 고장 나서 온전하지 못한가? 부품이 녹슬고, 나사가 빠져서 제대로 작동하지 못하고 있나? B는 우리를 동일 선상에 두고, 수리가 필요한 기계라고 말하곤 했다.

"우리 같은 사람은 심리 치료나 정신과 상담이 필요해. 둘 다 결핍을 타인에게 채우려는 나쁜 습성이 있잖아. 불우한 가정 환경 탓이지 뭐."

그 판단은 내 기분의 중추를 건드리는 불편한 지적이었다. 난 내 가정과 유년 시절이 불행했다고 비관하지 않는다. 미숙한 부모의 양육에 아쉬움이 있더라도 그 일이 나의 삶에 불운은 아니었다. B는 아빠와 겪은 불화를 어린 딸에게 털어놓은 엄마를 원망했다. 훗날 B는 엄마와 대화를 나눌 기회가 있을 때 허심탄회하게 과거의 상처에 대해 말했다고 한다. 엄마로서 딸에게 아빠와의 불화를 하소연했던 일, 두 사람이 싸우는 모습을 보여주었던 것은 건강하지 못한 양육 방식이며 그로 인해 자신이 불안을 느꼈었노라고.

그러나 돌아오는 엄마의 답은 B에게 실망을 안겼다. 엄마는 B에게 네가 딸로서 그 정도의 하소연도 들어줄 수 없는 거냐고 반문했다.

"난 미안하다는 사과를 듣고 싶었던 거였는데, 엄마는 전혀 그럴 생각이 없었어. 어렸을 때부터 난 엄마의 말을 잘

들어주는 착한 딸로 살았어. 그래서인지 타인의 말에 경청하고 위로하는 것에서 자기 효능감을 느끼게 된 것 같아. 내가 너그럽게 수용하고 받아주는 게 좋아서 나를 만나는 사람이 대부분이었거든. 그들이 나를 통해 평안을 느끼면 비로소 안심했어. 난 하등 쓸모없는 사람이지만 상대가 나를 통해 위안과 행복을 얻었을 때 비로소 가치를 증명받는다고 믿었으니까. 너도 나와 마찬가지로 그렇지?"

공감을 구하는 B에게 난 아니라고 답했다. 공연히 과거의 기억을 상처로 규정하여 들여다보는 게 무슨 의미가 있을까. 안정감 있는 가정 환경을 조성하지 못한 부모에게 뒤늦은 사과를 요구하는 건 현실과 유리된 태도였다. 부모로부터 충분한 사랑을 베풀지 못해 미안하다는 말을 듣는다고 상처가 치유되거나 상황이 바뀌진 않는다.

부모와 환경은 자발적 선택으로 고를 수 있는 게 아닌 일종의 랜덤 뽑기다. 꽝이 나오든, 운 좋게 훌륭한 상품이 당첨되든 나의 의지로 바꿀 수 없다. 자발적 힘으로 바꿀 수 없는 것에 대해 원망해도 자신에게 이익이 될 게 없으니 구태여 심각하게 고민하지 않는 게 낫다.

고민이란 화수분처럼 깊고 넓어서 파면 팔수록 더 깊은 수렁으로 들어가게 된다. 대부부의 고민과 부정적 생각은 꼬리를 물고 이어지는 습성이 있는데, 결론이 나지 않는 상념이 연속적으로 이어지거나 회의적 또는 비관적 생각으로 종결되는 경우가 대부분이다. 좀 더 좋은 조건과 윤택한 가정에서 자랐더라면 좋았겠다는 아쉬움이 인생 전반을 '실패와 나락'으로 규정하는 판단이 되어서는 안 된다.

B가 엄마에게 사과를 바랐던 것도, B의 엄마가 딸이 아니면 누구에게 하소연하냐고 반문했던 것도 이해할 수 있지만, 이미 지나간 시간이며 역행하여 돌이킬 수 없다. 이들은 모두 힘들고 아팠을 뿐이다. 어려운 형편을 감내하며 B를 양육한 엄마의 심경에 여유가 없었던 상황도 수긍이 갔고, B가 그런 엄마에게 무해한 애정을 받지 못한 사실도 의도하지 않았던 작은 비극이다. 다만 과정이 불리했다고 해서 결말이 비극적으로 끝날 필요는 없다.

자신만의 말 못 할 고민과 사연이 없는 사람이 과연 있을까. 인생의 질곡과 어려움은 삶의 전반에서 어떤 방식으로든 누구에게나 스칠 수 있으니 공연히 심각해지지 않는 게 내 자신을 위해 갖춰야 할 의당한 일이다.

과거엔 나도 내 상처를 나만 간직한 비운의 흔적으로 여겼다. 이 결핍감을 누군가에게 위로받기를 바랐고, 지금의 나는 과거의 환경이 낳은 어쩔 수 없는 비극으로 치부하여 내 부족함을 합리화했다. 그 합리화는 '회피'며 내가 나를 바꿀 수 없다는 무력감으로 이끌었다. 과거의 기억을 내가 용서하든, 누군가에게 사과를 받든 그 사실이 상한 마음과 상처를 해소해주지 않는다. 나보다 더 큰 상처와 결핍을 지닌 이들이 있다는 사실을 알게 된 뒤 내가 가진 고뇌가 심각한 문제가 아니라는 걸 객관적으로 알게 됐다.

"나를 양육한 부모도 어찌할 수 없는 환경에서 결여와 결핍을 가진 존재들일 뿐이야. 그들이 여러 어려움 속에서 나를 양육했으니 충분한 애정을 채워주는 건 불가능했겠지. 지나온 과거가 상처가 아니었다고 부정하는 것도 회피지만, 그 기억이 지금의 나를 만들었다고 결론 내는 것도 자신을 책임지지 않는 도피라고 생각해. '그랬었지'로 끝내야 할 일이지, 과거가 나를 지배하도록 내버려두고 싶지 않아."

B는 자신이 허름한 만화방에 어울리는 사람 같다고 말하곤 했다. 청결하고 말끔한 공간, 훌륭하고 아름다운 장식과 소품이 즐비한 멋스러운 곳은 자신과 어울리지 않는다고, 그런 곳에 있으면 맞지 않는 불편한 옷을 입은 느낌이라고. 그 말을 하는 B의 모습은 아문 상처의 딱지를 손톱으로 뜯어 상흔이 덧나게 만드는 것으로 보였다.

세상과 사람과 사회를 겪는 마음자리는 스치거나 베일 수 있다. 그 상처를 집중하여 들여다보면, '나라는 사람 안에 상처 중 하나'가 아니라 '상처받은 나'에 초점이 맞춰진다. 주체가 '내'가 아닌 '내면의 상처'가 되어버리는 것이다. 상처 입은 채로 머물 수 있는 곳은 후미지고 낡고 무너진 폐허일 수밖에 없다는 사유가 서글프다. 낡은 만화방의 꺼진 소파에서 컵라면을 먹는 게 자신에게 주어진 당연한 운명이라고 판단하는 건 상처가 남긴 어두운 피해 의식이다.

상처는 지워지지 않고 남지만, 그 상처가 나를 죽이지는 못한다. 상흔에는 새살이 돋게 마련이니 더 이상 상처를 건드려 덧내지 말자. 나는 내 자신을 낡은 다락에 처박아두지 않고 쾌적하고 멋진 곳으로 이끌고 싶다. 난 좋은 환경과 조건을 누리며 사랑받을 만한 가치 있는 존재니까. 그 정도 상처쯤은 어려운 시기를 씩씩하게 잘 견뎌온 것을 드러내는 면면 중 하나다.

나뿐 아니라 B도 상처의 딱지가 없어 저절로 떨어질 시기를 목도하며 쾌적한 환경에서 행복을 마음껏 누릴 수 있으면 좋겠다. 내가 알고 있는 B는 낡은 만화방이나 인적 없는 골목이 아닌 새 책이 깨끗하게 정돈된 서재의 푹신한 소파가 어울린다.

세상 모든 상처에서
널 완벽히 지켜줄 순 없겠지만

한 가지는 약속할게.

네가 아플 때 힘이 되어 준다고.
호~오~

그러니 힘들 땐
내게 말해줘.
끄덕

{ 4부 }

누군가에게 건네고 싶은 말들

#빵 #오후 4시 #축하 #편지 #행복
#행운 #달리기 #부드러운 손

빵

삶의 재미이자

애정이 담긴 영혼의 음식.

빵

빵에 대해서만큼은 할 말이 많다. 빵과 관련한 에세이를 출간할 만큼 빵에 대한 애정은 톡톡했다. 빵집이나 디저트 카페에 가는 게 귀중한 취미 중 하나인데, 빵을 살 때는 반드시 지키는 규율이 있다. 냉동시켜뒀다가 해동해도 맛에 변함이 없는 스콘이나 구움 과자가 아니라면 보통은 당일 먹을 수 있는 양만큼의 빵만 산다는 것. 빵이 제일 맛있는 순간은 구운 직후며 만든 지 얼마 되지 않은 빵의 맛이 제일 훌륭하다. 야채나 과일만 신선도를 따질 게 아니라 빵에도 신선한 빵과 그렇지 못한 빵이 존재한다. 특히

담백하고 무구한 맛을 지닌 호밀빵이나 바게트빵은 당일 소진하는 것을 원칙으로 하는 게 빵에 대한 예의라고 할 수 있다. 빵 본연의 매력과 맛을 느끼기 위해서 지켜야 할 철칙이다.

어렸을 땐 빵보다 과자를 좋아했다. 특히 초콜릿 코팅이 씌워진 달콤한 과자를 좋아했다. 적절한 균형을 위해서 감칠맛으로 손이 가는 과자(새우깡이나 포카칩 등)를 먹은 뒤 달콤한 쿠키를 먹어 입 안을 감도는 짠기를 중화했다. 어렸을 땐 과자의 위트 있는 바삭함과 경쾌한 소리가 맛있고 즐겁게 여겨졌지만 나이가 들면서 자극적이고 견고하지 못한 맛에 질리기 시작했다. 한 봉지 비우고 난 뒤에 바스락 소리 내는 봉지를 쪽지처럼 접어 쓰레기통에 넣을 때는 공허하기까지 했다. 분명 열심히 먹었는데, 배가 차지 않고 금세 허기도 졌다. 과자란 입으로 먹을 땐 즐겁지만, 먹고 난 뒤에 마음이 영 개운치 않았다는 게 문제였다. 음식이라기보다 불량한 공산품 느낌이다.

언제부터 빵을 좋아하게 됐는지 떠올려보면, 밥은 먹기

싫은데, 속은 헛헛하던 때, 집에 있던 식빵을 프라이팬에 구워 먹었던 경험이 좋은 인상으로 남았던 일이 계기가 됐다. 보기 좋게 갈색으로 구워진 식빵의 단면은 입맛이 없는 사람도 한 입 베어 물고 싶게 만드는 반듯한 모양이었다.

담백하고 고소한 맛에 푹 빠져 앉은자리에서 식빵 네 조각을 말끔하게 먹었다. 그 후 하루 한 끼는 밥보다 빵을 선호하게 됐다. 빵은 간식으로 먹기도 하지만 식사로도 손색없을 만큼 다양한 종류가 있다. 먹고 난 뒤에 끼니를 대충 때웠다는 느낌보다는, 맛있고 알찬 식사를 했다는 만족감을 주는 빵을 좋아한다. 자기 존재에 대해 강하게 피력하지 않고 한 발 물러서는 시골 빵에 자주 손이 간다. 그런 빵들의 특징은 단독으로 먹어도 맛이 좋지만, 다른 재료들과의 합도 좋다는 것. 가령 캉파뉴의 경우 도톰하게 잘라 카라멜라이징 한 양파나 버섯을 넣고 파니니를 만들어 먹거나 신선한 어린잎 채소나 루콜라, 바질 페토스 등을 끼워 샌드위치로 만들어 먹으면 맛있다. 재밌는 건, 캉파뉴의 어원이 '함께 나눠 먹는 가족이나 동료'라는 것. 그 의미처럼 이 빵은 여러 사람들이 한데 모여 먹기에 호불호가 없는 맛이다. 이름이 가진 의미에 충실한 빵이라 하겠다.

이러한 시골 빵은 수더분하고 모난 구석이 없어 질리지 않는다. 예전엔 요란한 맛을 가진 화려한 디저트에 매료되었지만 그러한 맛은 싫증을 느끼기 쉽다. 캉파뉴, 바게트, 치아바타와 같은 것은 먹을수록 풍미가 좋아서 가까운 곳에 두고 사용하는 베개나 이불처럼 일상에 늘 두고 싶다. 빵이 가진 넉넉함과 건강한 맛을 예찬하는 책이나 소설을 좋아해서, 빵이라는 키워드가 들어간 책을 만나면 무조건 읽고 보는 편이다.

그중 미시마 유키코의 《해피해피 브레드》는 홋카이도의 시골 마을의 카페 마니에 찾아온 손님들이 마니의 빵과 차를 통해 상처를 치유하고 위로받는 이야기가 담겨 있다. 시나몬롤, 단호박 수프와 바게트, 캉파뉴 등 여러 빵을 손수 만들어 손님들에게 대접하는 부부의 모습이 잔잔한 감동을 불러일으킨다. 이 소설은 영화화되기도 하여 원작 소설과 영화를 비교해서 보는 재미가 있다.

에쿠니 가오리의 에세이를 찾아보면, '빵'에 대한 예찬을 어렵지 않게 발견할 수 있다. 바게트빵과 호밀빵 그리고 쿠페빵을 좋아한다는 에쿠니 가오리. 그녀가 지닌 빵에 대한 애정은 빵을 좋아하는 사람으로서 공감한다. 그녀의 신간

에세이집에서 빵과 관련한 글을 발견하면 만족하며 읽는다. "여전히 에쿠니는 빵을 좋아하고 있어"라고 중얼거리며 같은 빵순이로서 기뻐한다.

빵에 대한 사뭇 남다른 애정과 의미는 오누마 노리코의 《한밤중의 베이커리》 속 빵집 주인 구레바 야시의 말에서 알 수 있다. 이 말은 빵에 대한 애정을 지닌 사람이기에 할 수 있는 이야기라 확신한다.

"빵은 평등한 음식이란다. 길가나 공원, 빵은 어디서든 먹을 수 있잖니. 마주할 식탁이 없어도 누가 옆에 없어도 아무렇지 않게 먹을 수 있어. 맛난 빵은 누구에게나 똑같이 맛난 거란다."

빵과 관련된 책을 읽다 보면 빵에 대해 흥미를 느끼지 못한 사람이더라도 토스터기에 빵을 구워 먹고 싶은 충동이 일 것이다. 빵이 가진 평등하고 맛있는 맛은 내게 위안이자 삶의 재미다.

매일 아침 나의 메뉴는
빵으로 정해져 있어.
Bread

제일 행복한 순간은
갓 구운 빵에
맛있는 버터를
발라먹을 때!

빵을 먹는 것도 좋아하지만
그보다 더 좋을 때는…
널 위해 만들었어.

오, 진짜 먹을수록
맛있네! 갓 구운 빵은
정말 훌륭한 맛이구나.
내가 맛본 빵의 즐거움을
누군가에게 선물할 때.

오후 4시

한낮과 때 이른 저녁에 걸친

과도기적 오후, 쉼의 시간.

오후 4시

나는 자고 있는 그를 흔들어 깨웠다. 넷플릭스와 게임이 취미인 남자를 만나는 건 평범한 주말 데이트가 불가능하다는 뜻이다. “이제 그만 일어나.” 나는 잠에 취한 그의 팔을 힘껏 잡아당겼다. 단잠을 방해하는 내 음성에 남자는 인상을 찌푸리며 잠에 취한 신음을 토할 뿐 꿈쩍도 하지 않았다. 노는 데 있어 빼는 법이 없는 나는 체력이 좋았다. 주말에도 오전 일찍 나가 저녁까지 여러 동네를 누비다 집에 돌아오던 내가 오후 4시에 집에 있는 건 낯선 일이었다. 햇살이 베란다 창으로 내비치는 것을 보며 주말의 반나절 이상이 흘러가버린 것에 허무를 느꼈다. 그 사람에겐 주말 오전과 낮은 별반 차이가 없다. 오전과 한낮이 부여하는 시간의 의미를 간파할 정도로 섬세한 남자는 못되었다. 배가 고플 때 일어나 허기진 속을 채운 뒤 어제 못다 한 게임에 재도전하는 게 그에겐 더 중요했다. 주말, 오전에서 오후로 넘어갈 때의 햇살과 구름의 변화 따위를 보며 산책하는 일도, 거리를 오가는 사람들을 창밖으로 구경하는 여유도 없었다. 그 남자를 만나고 난 뒤 나는 오후 4시의 소중함을 알게 되었다. 그는 심신을 회복하기 위해 에너지를 응축하고 고요히 있어야 했다. 난 그가 바깥으로 나갈 수 있는 기력을 회복하기를 인내심을 갖고 기다렸다.

높다란 하늘에 매달려 있던 햇살이 점차 기울어져 가는 오후의 외출이 만족스럽지 않았지만 적응했다. 이 남자와 공유할 수 있는 시간은 이때가 유일했다. 그 뒤로 난 주말, 오후 4시를 좋아하게 됐다. 이전 같았더라면 "벌써 오후의 반절이 지나갔어"라며 아쉬워했을 테지만 "아직 오후 4시잖아. 시간은 충분해" 하고 만족하게 되었다. 누구와 함께하느냐에 따라 뒤늦은 오후도 짧지만 알차게 보낼 수 있다. 그와 함께 느지막한 오후에 산책하거나 카페에서 차를 마시는 것도 충분히 즐거웠다.

해가 짧은 겨울, 오후 4시는 저녁의 초입으로 느껴져서 아쉽지만 비치는 햇살은 따뜻해서 '아직 볕이 따뜻해'라고 생각하며 안심하게 된다. 느지막이 외출한 주말 오후 4시는 카페가 한산한 편에 속한다. 12시~2시 사이에는 데이트를 즐기거나 공부하기 위해 온 사람들로 북적이지만 오후 4시부터는 서서히 빈자리가 많이 보인다. 일찍이 저녁 메뉴를 고른 뒤 자리를 이동하거나 작업하던 일을 끝마치고 돌아가는 이들도 많다. 오후 시간대 카페의 한산함은 글쓰기에 적합한 분위기를 갖췄다. 적절한 온도의 햇살이 통유리로 비출 때 따뜻한 차를 마시며 글을 쓰면 시답잖은 이야기도 진지하게 풀어갈 수 있다.

•

서촌의 동네 풍경을 그리는 김미경 화가는 《서촌 오후 4시》에서 자신의 인생을 오후 4시로 빗대어 설명한다. 해가 서쪽으로 넘어가기 시작하여 그림자와 마음이 깊어지는 지금의 인생이 오후 4시 같다는 서두가 인상 깊었다.

내 삶은 시간에 빗대어 보면 오후 한 시 반인 것 같다. 이렇다 할 무언가를 이루지 않았지만, 완성해가기 위해 부지런히 움직이는 바쁜 시간. 결과에 대한 사사로운 예측은 멈추고 무언가를 시도하며 이루어가는 역동적인 때로 볼 수 있다. 살아 있는 영혼이 마음껏 몸부림치며 확장하는 오후 한 시 반. 느지막한 여유를 누릴 오후 4시가 오기까지는 시간이 꽤 남았다. 지금 이 글을 쓰고 있는 때도 오후 4시다. 때늦은 듯 보여도 아직은 느슨한 여유를 부릴 수 있는 오후 4시에 책을 읽거나 글을 쓰는 건 즐겁다.

오후 2시에 점심을 먹고 방문한 카페에서 우리는 나란히 앉아 있었다. 그는 무의미하게 흘려보낸 오전 시간을 반성하듯 집중하여 과제를 하고 있었다. 나는 응축된 번데기에서 접어둔 날개를 억지로 펴내고 나온 남자를 관찰하듯 바라보다 이내 창밖으로 시선을 옮겼다. 여전히 햇살이 떠올라 있고, 따뜻한 바람을 느낄 수 있으니 오후 4시는 때늦은 시간이 아니었다. 누군가는 휴식의 끝에 새롭게 시작한 이른 시점일 수도 있고, 오늘도 열심히 살아온 어떤 이에게는 한숨 돌리기에 적당한 쉼의 시간이다.

오후 4시에 대한 그 남자와 나의 생각은 전혀 달랐다. 나는 이미 늦었다고 여겼고, 그는 아직 충분하다고 믿었다. 나는 때 이른 오전부터 바깥으로 나가고 싶어 했고, 나의 연인은 장시간 방에 머물고 싶어 했다. 그 사이에서 적당한 균형을 찾게 된 우리 둘 사이의 교류 지점으로 걸맞은 때는 오후 4시였다. 그 시간 정도의 접점이 있다는 것으로 충분하다고 여겼다.

오후 4시가 주는 때늦은 여유도 좋다고 여기게 된 건 우리 사이의 갈등과 의견 차이가 조율됐다는 신호였다. 서로의 다름을 하나씩 맞춰가며 얻게 된 공유와 화합의 시간, 그 순간은 짧지만 소중했다.

> 한낮과 때 이른 저녁에 걸쳐진 과도기적 오후 시간, 그 시각이 주는 여유를 만끽하는 나날은 그를 만나고부터 의미를 더하게 됐다.

쳇바퀴 굴러가듯
바쁘게 살다가도…
충전이 필요한
시기도 있다.
그럴 땐…

이런 날도
있어 줘야지.
휴식의
참맛.

축하

좋은 기운에 영향을 받아 나의 하루에도

긍정적 생기를 더하는 일.

축하

"불행을 나눌 친구는 많아도 기쁨을 공유할 수 있는 존재는 드물어." 공무원 시험에 합격한 친구가 한 말이다. 그녀는 2년간 주변 사람들과의 만남을 최소화하며 공부에 매진했다. 2년여간 도서관에서 살다시피 하며 겪은 마음고생을 알고 있었으므로 합격 소식을 진심으로 기뻐해 주었다. 축하 인사를 건넸지만 고맙다고 답하는 목소리가 어두웠다. 마냥 밝지 않은 연유를 물으니 시험을 같이 준비하던 다른 친구는 불합격했다고 한다. 자신의 합격 소식을 전했을 때 친구의 반응이 떨떠름했다며 씁쓸한 어투로 중얼거렸다.

“어쩌면 그 친구는 이번 시험에서 나도 불합격했다고 말하기를 바랐을지도 몰라.”

첫 시험에서 함께 떨어졌을 땐 위로와 격려를 아끼지 않았으나 두 번째 시험에서 결과가 달라지자 친구의 태도가 싸늘해졌다고 한다. 그 친구의 본래 의도가 어떠한지는 알 수 없지만 그렇지 않을 거라는 답이 선뜻 나오지 않았다. 마음이 궁핍하거나 여유가 없을 땐 타인의 행복에 진심으로 기뻐해주기가 어렵다는 걸 경험을 통해 알고 있었다.

불행을 형상화한다면 진흙에 한쪽 바퀴가 빠져 제자리에서 헛도는 차의 모습이 떠오른다. 누군가의 성공이나 행운을 달갑게 느끼지 못하고 괴로워하는 마음은 이미 불행이 만연하다. 불행의 진흙탕에 빠지지 않기 위해서는 삶이 안정적인 궤도에 안착할 수 있도록 노력해야 한다. 어떤 이의 행복에 시샘하는 건 내가 현재 불행한 상태에 놓였다는 것을 뜻한다.

쓸쓸함을 느끼는 친구의 마음도, 불합격한 다른 친구가 축하를 건네지 못한 것도 이해가 됐다. 마음에 여유가 없고 불만족한 상태가 지속되면 가까운 사람의 행복과 부요를 축하해주지 못하고 질투나 시기심이 앞선다. 행운의 여신은 왜 내가 아닌 다른 사람의 편에 선 것일까? 근거 없는 원망이나 한탄을 하게 된다. 어려운 형편에서 벗어난 사람 곁에 있으면 자신의 모습이 더욱 못나 보인다. 자괴감을 지속적으로 겪다 보면 형통한 이들과는 거리를 두고 빈자리에는 자신과 비슷한 어려움을 겪고 있는 이들로 채운다. 나보다 더 큰 불행을 느끼는 이들을 통해 무너진 자존감을 회복하고 안심하는 것이다. 난 아직 괜찮다고, 나보다 불행한 사람도 있으니 다행이라고 읊조리며 제자리에서 맴돈다. 더 나은 모습으로 바뀌기 위해 애쓰기보다 정체되는 쪽을 택한다.

내 자신이 초라하게 느껴졌던 시기, 가까운 친구에게 하소연하듯 말했었다. 곁에 있는 사람의 일에 축하한다는 말 한마디조차 못하는 인생만큼 못난 게 또 있나 싶다고. "그럴 게 뭐 있어?" 친구가 되물었다. "넌 몰라, 불행의 굴레에 빠지면 헤어 나오기가 힘들어." 볼멘소리로 말하자 대수롭지 않다는 투로 친구가 이야기했다.

"불행은 습기를 머금은 돌 위에 돋아난 이끼 같아. 어두운 음지에서는 잘 자라지만 밝은 햇살을 비추면 말라버려. 이끼가 마음에 돋아날 땐 나에게 만족하지 못하는 불안정한 상태를 알아차리면 돼."

"그다음엔 어떻게 해?"

"일이 잘 풀리고 승승장구하는 이들을 진심으로 축하해줘. 가까운 사람들이 잘되어야 나도 그 기운으로 잘될 수 있어. 주변에서 좋은 소식이 들린다는 건 내 운의 흐름도 좋은 방향으로 풀린다는 징조인 거야."

그림자가 없는 친구의 건강한 마음은 생각의 전환을 통해 만들어진 것이었다. 그녀는 중학생 때부터 예쁘고, 공부를 잘하는 무리와 어울렸는데 한 번도 그들보다 자신이 못났다고 여기거나 질투하는 법이 없었다. 수능에서 원하는 성적에 못 미치는 점수로 인해 하향 지원한 대학을 가게 됐을 때도 친한 친구가 좋은 대학을 진학한 사실에 시샘하지 않았다. 고대했던 결과를 이루지 못한다고 해서 불행한 건 아니라는 것을, 그녀가 다른 이들에게 건네는 무해한 축하와 응원을 통해 느꼈다.

난 친구와 달리 마음에 푸른 이끼가 돋을 때 누군가의 성과를 부러워하며 열등감을 느꼈다. 이직에 실패하고 알바를 하던 때 멀어지게 된 사람들을 떠올려보았다. 나보다 훨씬 안정적인 삶을 살며 자리를 잡은 친구들이 부러웠다. 가까운 이들이 노력의 성과로 이룬 것을 순전히 운이 좋았던 거라고 폄하하며 의도적으로 거리를 두었다. 그들 곁에 있을 때 시기하거나 질투하는 나의 민낯을 견디기 어려웠다. 취직과 꿈 사이에서 방황하던 때엔 진로 고민으로 방황하는 친구들을 가까이에 두었다. 하소연하고 위로하며 속으로는 이들보다는 무언가 시도하고 있는 내가 낫다는 비겁한 우월감을 갖기도 했다. 서로의 불운을 공유하며 불행의 공동체를 결집했다.

분명 그 시기엔 따뜻한 위로가 되어준 것 같지만 새로운 시작점을 찾거나 의욕적으로 변화를 꿰차는 데 도움이 되지 않았다. 안정적인 직장 생활을 시작하고, 전문적인 나의 일을 하게 된 뒤로 불행의 공동체는 와해되었다. 떠올려보면 내가 첫 책을 냈다는 소식을 전했을 때도 이들은 시큰둥하거나 떨떠름한 반응을 보냈다. 서로의 어려움과 힘들었던 지점을 잘 알고 있으니 기뻐해줄 거라 생각한 건 나의 착각이었다.

삶이 만족스럽지 못할 땐 기쁨보다는 불행을 공유하게 된다. 내겐 기쁘거나 즐거운 일이 없으니 남이 가진 반짝이는 성취를 손 놓은 상태로 보며 부러워하다 보면 불편한 마음을 참지 못해 멀어지는 것을 택했다. 점차 그 괴로움에서 벗어나 실질적으로 꿈꿔온 일과 원하는 계획을 현실화할 수 있게 되고부터 마음의 이끼는 사라졌다. 새로운 일을 시작하고 생활에 대한 만족감이 더해진 뒤 주변에 어울리는 사람들도 달라졌다. 불행을 나눴던 이들 대신 의욕적으로 미래 계획을 공유하거나 의견을 구할 수 있는 사람들이 생겼다. 더 나은 내일을 그리기 위해 노력하는 동료를 통해 힘을 얻고, 서로에게 도움이 될 만한 것들을 나누게 되었다.

남의 불행에 기생하며 사는 삶이 얼마나 괴로운지 경험한 뒤로 가까운 이들에게 좋은 소식을 들으면 오히려 기뻐한다. 좋은 일들이 나비효과처럼 퍼지면 내게도 좋은 기운이 전해진다. 슬픔과 불운한 일들보다는 누가 성공했다거나 일이 잘 풀렸다는 소식을 듣는 편이 좋은 요즘, 가까운 이들의 좋은 기운이 나에게도 긍정적인 생기와 에너지를 고취시켜줄 때 더욱 즐겁게 글을 쓰고 일을 한다. 좋은 에너지를 받았으니, 나도 근사한 결과물을 만들어야겠다는 의지가 생긴다.

난 더 이상 불행의 공동체를 모집하거나 합류하는 데 관심이 없다. 그 대신 행복과 에너지를 나눌 공동체를 엮어나가고 싶다.

불행으로 엮인 관계는 끊어지기 쉽지만 행복과 즐거움을 공유하며 만들어진 연결고리는 단단하다. 이렇게 엮인 그물은 행복의 공동체로서 힘들 때 단단하게 붙들어주는 아늑한 해먹이 되어줄 것이다.

가까운 이의 행복에
축하를 건네려면
HAPPY
letter
마음에 여유가
있어야 한다.
넉넉

또한 진심 어린 축하를 받으면 알게 된다.
가까운 이의 행복이 내게 축복이라는 것을.
HAPPY
honey

편지

진심이 맞닿기 위해 힘쓰는 일이자

마음을 표현하는 유용한 방식.

편지

카카오톡을 사용할 땐 받은 메시지가 없더라도 친구나 지인의 상태명, 변경된 프로필 사진을 할 일 없이 보곤 했다. 방금 전 보낸 메시지를 상대가 읽었는지 대화방에 들어가 보는 것도 습관이었다. 메신저 창에 1이 사라지기를 기다렸고, 1이 사라진 뒤에도 답신이 없으면 연락이 오지 않는 연유에 대해 자못 심각하게 고민했다.

언젠가 카카오톡을 사용하지 않는 지인이 말했다. 카톡은 반응을 빨리하라고 압박을 주는 느낌이라 부담스럽다고. 그 말이 어떤 뜻인지 메신저를 삭제한 뒤 알게 됐다. 누군가의 연락에 즉각적인 반응을 종용하듯 사라진 1은 읽음 여부를 타인에게 노출시킨다. 읽었는데도 반응하지 않는다는 걸 상대가 알 수 있기에 즉각 답을 하거나 일이 바쁠 땐 대화창에 떠 있는 내용을 일부러 누르지 않고, 나중에 확인 후 답을 보낸 적도 있다. 카카오톡은 궁금하지 않은 지인을 포함한 여러 사람의 근황을 쉽게 알 수 있으며 연락에 대한 빠른 반응을 종용한다. 편리한 듯 부자유스럽고, 실용적이지만 번거로운 메신저. 그와 연동된 앱이 많다 보니 탈퇴는 어려워 부득이하게 PC 카카오톡만 살려두었다.

요즘은 주로 문자나 전화를 한다. 문자가 좋은 점은 상대방의 메시지 확인 여부나 반응에 신경 쓰지 않게 된다는 것. 와이파이의 문제가 없는 이상 내가 보낸 문자는 문제없이 전송됐을 것이고 그가 언제 확인했는지에 대한 정보는 제공받을 수 없으니 신경 쓰지 않게 됐다. 설령 답이 늦거나 오지 않더라도 신경이 곤두서지 않으며 범연할 수 있게 됐다. 목적이나 이유 없이 핸드폰을 확인하는 횟수도 자연히 줄었다.

기계를 잘 다루지 못할 뿐 아니라 손쉽게 고장 내는데 비상한 재능을 가진 난 메신저나 문자보다 편지를 좋아한다. 서신으로 안부를 건네야 하는 시기는 오래전에 지났고, 기념일이 됐을 때 간혹 받는 간략한 카드에 만족해야 하는 요즘은 장문의 편지를 받는 건 흔치 않는 일이 돼버렸다. 그래서 간혹 받게 되는 편지들이 지닌 의미가 크다. 생일 때도 선물을 건네는 친구에게 "편지는?"이라고 제일 먼저 물을 만큼 편지에 목말라 있다.

학창 시절에는 편지 쓰는 일이 취미여서 직접 그림을 그리거나 스티커를 붙여 꾸민 편지지에 글을 써서 친구들에게 건넸다. 쉬는 시간이 끝날 무렵 자리에 돌아왔을 때 필통 아래에 있던 분홍색 답 편지는 일주일에 한 번 배급받는 초콜릿 우유보다 더 큰 기쁨이었다. 사소한 이야기들(어제 봤던 드라마의 남주인공이 멋있었다거나, 오늘도 하교 후에 떡볶이를 먹자는 이야기 등) 이었지만 편지를 받는 건 꽤나 들뜨는 일이었다.

편지를 받으면 발신인 앞에서 직접 읽는 것보다는 혼자 고요하게 읽는 걸 선호한다. 글은 말과 달리 격식을 갖춘 서두로 시작하여 일반적인 대화에서 다루지 못한 쑥스러운 이야기들을 서술하지 않던가. 그걸 직접 입으로 내뱉거나 글쓴이 앞에서 읽는 건 면구스러운 일이라 여겨진다. 맛있는 음식은 아껴뒀다 나중에 먹듯 선물과 편지를 받았을 때 선물 포장은 그 자리에서 풀어보더라도 편지만큼은 혼자만의 경건한 의식처럼 집에 가서 읽는 원칙을 갖고 있다.

편지를 읽을 때에도 한 번만 읽지 않고 두세 번에 걸쳐 반복적으로 읽는다. 기억에 남는 문장을 곱씹고, 글씨를 천천히 눈에 담는다. 편지를 한 자, 한 자 적어 내려가는 친구의 모습을 떠올려 보기도 한다. 그런 상상을 통해 편지의 감동은 배가된다. 문자나 메신저 대화는 시간을 때우는 잡담이나 용무를 목적으로 하는 게 대부분이며 마음을 담는 데 한계가 있다. 편지는 그와 달리 정성스럽게 적은 글씨와 번진 잉크 자국 등에서 상대의 감정이 느껴지며 진심이 드러난다.

한마디 말보다 한 줄의 글이 건네는 의미가 더 크게 다가오는 편지는 속마음을 담기에 더없이 좋은 도구다. 나는 요즘도 말로 건네기 힘든 이야기들이 있을 땐 종이에 찬찬히 적어 내려간다. 이 글이 우리 사이의 오해를 해소해주길, 내가 지닌 감정의 크기를 드러내 줄 수 있기를 바라며.

진심이 맞닿기 위해 힘쓰는 일에는 정다운 시선과 따뜻한 배려가 담겨 있다. 공연히 뭐하냐는 심심풀이 연락 말고 누군가 내게 여러 감정이 일게 만들 소박한 편지를 전해주면 좋겠다. 비뚤배뚤한 글씨더라도 한 자 한 자 정성을 다해 쓴 편지를 읽으며 흐뭇하게 웃고 싶다. 차곡차곡 친구들에게 받은 편지를 정리하며 그런 생각에 잠긴 하루였다.

난 어렸을 때
편지 쓰는 걸 좋아했다.

뭐해?
너한테
편지 쓰고 있어.
잠시 기다려봐.

자, 여기.
응, 고마워.

답장 언제 쓸거야?
이걸로 얼른 쓰도록 해.
버, 벌써?
아직 10분도
안 됐는데….
쓰는 것보다 답장받는 것을 좋아했다.

행복

당장 나를 위한 작은 행동으로

삶의 의욕과 만족감을 높이는 행위.

행복

"난 매 순간 내가 운용할 수 있는 행복에 관심이 있어. 현재의 행복과 만족이 중요해." 나는 내 힘으로 만들어낼 수 있는 만만한 행복이 중요하다고 말했고, 그 사람은 하고 싶은 것만 하며 살 수 없다며 지탄했다. 그의 말에 따르면 나의 문제점은 매일의 삶을 축제처럼 살려는 허영에 들뜬 마음에서 발생한다고 했다. 행복에 대한 생각은 달랐지만 어느 한쪽의 의견이 틀린 건 아니다.

그 사람은 노력과 인고의 시간을 통해 간혹 운 좋게 맛볼 수 있는 행복의 열매를 중요하게 생각하였고, 난 오늘의 만족과 기쁨이 소중했다.

과거를 돌이켜보면 당장 내게 부여된 삶에 만족하지 못할 때는 미래의 행복조차 꿈꿀 겨를이 없었다. 불안하고 힘들 땐 나아질 거라는 위로는 경솔한 기만이나 성의 없는 응원으로 느껴졌다. 나는 삶을 뒤바꿀 수 있는 완벽한 변화가 불시에 일어날 거라고 기대하지 않았다. 이 악물고 노력해도 원하는 성과가 보장된다거나 예측한 대로 인생이 굴러가지 않았다. 시간을 돌이켜 과거의 한 지점을 바꿀 기회가 주어져도 원하는 계획대로 바꿀 수 있을 거라 자부하지 않는다. 과거로 돌아가더라도 나는 내가 경험했어야 마땅한 적정량의 어려움과 고충을 겪을 것이다.

그러므로 '지금 알고 있는 걸 그때도 알았더라면'이라거나 '시간을 돌이켜 과거로 돌아간다면'이라는 가정은 하지 않는다. 지난 시간을 돌이켜 생각해봤을 때 내게 남는 건 선택에 대한 후회보다 그 과정에서 누릴 수 있는 작은 행복을 마냥 즐기지 못한 것에 대한 아쉬움이다. 나는 만족할 만한 생활을 꾸리고, 소중한 사람들과의 인연을 가꾸며 나를 지탱해줄 좋은 추억을 쌓는 게 중요하다. 그러한 하루가 얇은 반죽처럼 쌓였을 때 삶의 만족과 행복이 풍부한 맛과 정성으로 만들어진 크레이프 케이크처럼 완성된다고 믿는다.

일상에서 작은 행복을 내 힘으로 만들어가는 게 중요하다는 사실을 알게 된 건 오래되지 않았다. 현재의 노력과 눈물이 젖과 꿀이 흐르는 가나안의 행복을 보장해주는 게 아니라는 걸 알기까지 어려움이 있었다. 과거의 나는 참고 인내하는 것이 능사라 여겼다. 나를 홀대하는 사람들의 무례한 태도에 체면을 차리느라 웃었고, 하고 싶지 않은 일이나 불합리한 요구에도 분위기에 이끌려 억지로 해냈다. 나이와 직분에 걸맞은 행동과 스펙을 쌓아야 한다는 남들의 조언을 따랐다.

타인이 바라는 기준에 맞춘 선택은 행복을 책임져주지 않았다. 작은 불행이 쌓이다 보니 날마다 행복과 멀어졌다. 지금 내 모습과 삶이 만족스럽지 않다면, 미래에도 행복할 수 없다. 행복을 유예하는 건 안정적인 미래를 위해 필요한 절차라고 여기는 이들이 많지만, 훗날을 도모하는 불행한 어른보다는 철없어 보여도 좋으니 지금 당장 행복하게 살고 싶다. 설령 그 모습이 한시적이며 베짱이 같은 태도라 비난해도 그러한 훈수는 정중히 사양하겠다. 기쁨과 즐거움으로 일상을 엮어내지 못하면 행복을 느끼는 감각은 둔해진다. 나를 위한 즐거운 취미를 찾고 맛있는 음식을 대접하며 충분한 휴식을 취하는 건 일상의 만족도를 높이기 위해 다각도로 마련해야 할 내 몫의 노력이다.

계약 기간이 만료되어 이사할 시점이 되었을 때, 발품 팔아 여러 동네의 매물을 찾았다. 내가 가진 보증금으로 이사할 수 있는 집은 5평 남짓의 공간뿐이었다. 난 이사할 때 세 가지 기준을 갖고 있다. 산책과 운동을 할 수 있는 넓은 공원이나 호수가 주변에 있어야 하며 도서관이 가까이에 있는 것을 선호한다. 근방에 맛있는 빵집이 있으면 더욱 좋다.

가진 것에 비해 욕심이 과하다며 우선 돈을 모으는 게 중요하다는 주변 조언에 원룸이 밀집한 지역의 부동산을 여럿 방문했다. 열 군데 넘는 집을 보며 다른 이들이 말하는 지금의 내 수준에 대해 객관적으로 진단했다. 가진 돈에 비해 월등히 비싸고 넓은 신축 건물에서 사는 걸 꿈꾸는 건 아니었으나 내가 중요하다고 생각하는 부분을 포기하면서까지 삶의 질을 낮추고 싶지 않았다. 내 집 장만을 위해 저축도 해야겠지만 그보다 중요한 건 현재의 내가 만족하며 편안하게 살 수 있는 터전이었다. 생활의 기본적인 수요를 충족할 수 없는 곳에서는 일상의 리듬을 평온하게 유지하기가 어렵다. 월세를 아끼기 위해 비좁은 반지하 집이나 치안이 좋지 않은 지역으로 이사가는 게 맞는지 진지하게 고민했다. 거주지나 생활 형태는 가치관과 생활에 맞춰 고르는 선택의 영역일 뿐 뭐가 더 옳은 선택이라고 확언할 수 없다.

"돈 모으려면 어쩔 수 없어. 내 집 장만하려면 허리띠 졸라매야 해. 서울 한복판에 네 월급 수준으로 구할 수 있는 집은 현실적으로 없다 이 말이야."

이곳저곳에서 내 집 장만에 대한 꿈을 독려하는 조언이 이어졌으나 나는 마음 편하게 몸을 뉘일 수 있는 작지만 안전한 집이면 충분하다. 오래된 고택이더라도 깨끗하게 유지 관리되어 있으면 족하다. 동네 주변에 유흥 시설이 없어 늦은 밤에도 호젓한 기분으로 밤 산책을 할 수 있는 안전한 곳. 언제라도 책을 빌리러 갈 수 있는 도서관이 있으면 좋지만 그 정도 욕심은 상황에 따라 내려놓을 수 있다. 애정을 갖고 우리 동네, 우리 집이라고 말할 수 있는 곳에 살고 싶다. 하루의 절반 이상을 거주해야 하는 휴식의 공간이 그 역할을 다하지 못한다면 미래의 내 집 장만이 무슨 소용이겠는가. 저축을 더 하기 위한 목적으로 노후화되거나 제대로 관리가 되지 않은 공간에서 불편을 감수하고 싶지 않았다. 본래 살던 동네에 머물며 적절한 집을 찾을 때까지 충분히 고민하는 게 좋겠다는 결정을 내렸다.

행복을 느끼는 감각은 나이가 먹어갈수록 성숙하기보다 퇴색하거나 녹슬어 간다. 웃을 일은 적어지고 여러 경험을 체득한 삶에는 놀랄 만큼 설레거나 반전을 선사할 만한 기쁨은 거의 없다. 행복을 완벽한 충족감이라 여긴다면 그런 기대가 걸림돌이 되는 것 같다. 백퍼센트의 만족을 바라면 늘 부족하다고 느끼거나 결핍으로 공허할 수밖에 없다. 진짜 행복이란 화려하고 반짝이는 크리스마스의 오너먼트 같은 것이 아니다. 한적한 오후의 햇살을 받아 새순이 돋은 작은 화분이나 오랜만에 보고 싶다며 연락을 건넨 친구의 목소리 같은 것이 우리가 누릴 수 있는 행복의 실체다. 행복을 발견하는 건 삶을 향유해야 하는 인간의 당연한 의무다. 내게 중요한 기준은 타인이 뭐라 하든 결코 타협하지 않아야 한다. 나만의 속도와 기준으로 '지금 이대로 충분하다'고 말할 수 있는 일상을 만들어가는 게 중요하다.

여전히 나는 현재의 행복을 우선시한다. 자신에게 맛있고 좋은 것을 만들어주고 싶고, 노력하여 좋은 성과를 낸 나를 위해 선물을 건네고 싶다. 당장 돈을 아끼거나 시간이 부족하다는 이유로 볕이 들지 않는 어두운 반지하에서 생활하거나 일에 치우쳐 삼각김밥으로 대충 끼니를 때우고 싶지 않다. 난 가본 적 없는 미래의 보이지 않는 한 지점에 자신을 버려두고 싶지 않았다. 현재가 미래의 연장선이라면 지금 내 발앞에 있는 선을 먼저 넘거나 채워야 다음이라는, 미래가 펼쳐진다. 당장 나를 위해 하는 작은 행동은 그 순간에서 끝나지 않고, 미래의 내 모습으로 이어진다.

삶의 의욕과 행복은 어떤 이의 로맨틱한 구애나 마른 하늘의 날벼락처럼 주어지는 일은 없을 것이다. 현실적으로 지금 행복해야 한다. 생의 기쁨은 찰나이기에 놓치면 시간이 흐른 뒤에 후회만 남는다.

행복에 대한
환상을 가졌던
적도 있지만,
현실적인
행복은 축제처럼
화려하진 않다.

매일 조금씩 나아가면
원하는 곳에 닿을 수 있을거라 생각한다.
함께할 친구가 있다면 더욱 좋고.
그만 먹고
고기를 많이 잡아 와!
알았지?!

행운

노력하여 준비된 자들이

누릴 수 있는 적절한 기회.

행운

“집 가는 길에 복권이나 사야겠어.” 퇴근 길에 만난 친구가 한숨 섞인 목소리로 말한다. 복권 살 돈으로 맛있는 간식을 사 먹는 게 합리적이야. 일확천금의 복권이 당첨되어 하루아침에 인생이 달라지는 건 먼 나라 이야기라고 설명하자 돌아오는 친구의 답은 이러했다.

“혹시 모르잖아. 이번엔 그 행운의 차례가 나일지도. 그 순서를 알 수 없으니 여러 번 시도하는 거지.”

이제까지 살면서 복권을 사본 적은 한 번도 없다. 뒤로 넘어져도 코가 깨지고, 손 닿는 것마다 망가뜨리는 지독히 나쁜 운을 가졌다고 비관하진 않지만 인생을 바꿀 만한 대단한 행운(적어도 복권 같은 건)이 내게 부여될 일은 없으리라 생각했다. 기대가 실망으로 이어지는 경우는 부지기수고, 정신 건강을 위해 어차피 안 될 거라고 확언하는 편이 이로웠다. 실망하여 앞으로 나아갈 동력을 상실하는 것보다 마음을 비우는 편이 속 편했다. 복권 당첨이든, 좋아하는 이성을 향한 적극적 고백이든, 경쟁률이 높은 공모전이든 결과를 보장할 수 없는 일은 함부로 뛰어들지 않았다. 시도가 실패로 끝난 뒤에 남는 패배감이 싫었다. 허황된 기대에 몰입할 힘을 아껴 실질적인 결과를 낼 수 있는 일에 집중했다.

내가 그런 운을 타고난 사람은 따로 있다고 말했지만 친구는 기죽지 않고 명랑하게 웃으며 답했다.

"될지도 모른다는 기대가 긍정적인 운을 끌어올 수도 있어. 그 희망으로 당첨 결과를 기다리는 일주일은 회사를 꿋꿋하게 다닐 수 있으니 아주 손해는 아니야."

그 말에 문득 내 안의 깊숙한 곳에서 '운'에 대해 갖고 있는 불편한 감정을 돌아보았다. 타고난 운과 빛나는 재능을 가진 사람들이 부러웠다. 그들이 빚어낸 결과를 우연한 행운이라 폄하하거나 모른 척 외면했다.

'원하는 결과를 얻은 이들은 결국 운이 다 좋았던 걸까? 내겐 그러한 운이 없는 걸까?'

나는 열심히 준비하더라도 출품한 원고가 당선되는 행운을 누린 적이 거의 없다. 노력하여 만들어낸 완성물이 원하는 결과로 이어지지 않는 건 몇 번을 경험해도 낙심이 된다. 행운이란 내가 예상하는 방식으로 온 적이 없었고 마법 할머니가 휘두른 지팡이처럼 획기적이고 놀라운 방식으로 주어지는 것은 아닌 듯했다. 공모전 결과에 당선자로 대서특필되거나 대단한 상금을 받는 꿈같은 행운은 주어진 적 없었지만, 나는 현실적으로 내 운을 만들어 가려고 노력했다.

공모전에서 떨어진 원고는 실패한 결과로 버려두지 않고 부지런히 다듬어 투고했다. 부족한 그림과 글을 보완하고, 기획서를 새로 만들어 출판사를 설득하는 데 힘썼고, 심사에서 떨어진 프로젝트는 보완하여 새로운 방향으로 발전시켰다. 원작사와 대화에 타협점이 없어 작품이 엎어질 위기에 놓였을 때도 운 좋게 문제가 해결되길 두 손 놓고 보지 않고, 상대의 의견에 맞춘 실질적 방향을 제시하여 위기를 넘겼다.

앞뒤 캄캄한 위기에 놓였을 때에도 내 운은 왜 이 지경일까 좌절하거나 스스로를 폄하하지 않기 위해 노력했다. 누군가가 이룩한 결과에 대해서도 룰렛을 돌려 우연히 득점한 굉장한 숫자로 생각하지 않게 됐다. 행운이 올 때를 대비하여 준비하거나 누려본 적 없으면 타인의 성공을 손쉽게 얻은 것으로 치부하기 쉽다. 작은 성과라도 자기 힘으로 만들어낸 경험이 있으면 운의 동력을 끌어들이기 위해 상당 부분 노력이 필요하다는 걸 깨닫게 된다.

난 여전히 뉴스에 나올 법한 로또 1등에 도전할 마음은 없지만, 내 삶의 복권만큼은 만족할 만한 결과가 나올 때까지 계속 긁어나갈 작정이다. 삶의 만족점, 성공의 기준에 부합할 만한 결과를 만들기 위해서는 노력은 기본 바탕이며 그 위에 현실적인 행운을 만들어내기 위한 끊임없는 시도와 실망하지 않고 방향을 바꾸는 유연함이 있어야 한다.

과거에 행운이란, 특정 계절에 예고없이 내린 우박이나 산발적인 강우처럼 우연적인 것이라고 생각했지만 실제 행운의 속성은 훨씬 더 현실적이다. 다방면에서 가능성을 열고 준비하면 반드시 온다. 단지 그 기회를 놓치느냐 마느냐의 문제다.

난 앞으로 내게 주어지게 될 행운을 믿고, 그 운의 파도에 몸을 맡길 충분한 자신감이 생겼다. 내 삶에서 있어질 행운은 나의 노력과 인내로 만들어질 것이다. 내 앞에 펼쳐질 새하얀 생눈길에 첫발을 내디딜 날을 고대하며 꾸준히 해나가야겠다.

market
24시
OPEN
집으로 가는 길
개조심
오랜만에
하늘을 봤다.

나, 잘하고 있나?
잠시 멈춰서서
그런 생각을 했다.

달리기

무기력한 마음을 방치하지 않고

움직이며 우울감에서 벗어나는 일.

달리기

어떠한 행동의 목적이 한 가지로 귀일하진 않는다. 사람마다 개별적인 이유와 속사정이 있으니 같은 행위에도 의도나 목적은 다를 수 있다. 가령 운동의 이유가 건강 증진 때문일 수도 있고, 체중 감량이나 미용 목적으로 하는 경우도 있다. 나 같은 경우에 있어 생존이나 의무와 관계없는 활동일수록 목적에 개절할 때보다 복잡한 사정이 피치 못할 이유로 덧붙여진 경우가 많았다.

생각이 번잡하게 확장할 땐 단순 행위의 반복이 도움이

된다. 일상이라는 활주로가 불안의 폭설로 무너졌을 땐 무작정 달렸다. 자발적으로 움직였지만 본능에 이끌린 움직임이 아니라 의식적인 노력이었다. 계속해서 떠오르는 그 사람의 얼굴을 지우기 위해, 지난 실패의 기억에 갇혀 숨죽여 울지 않기 위해 도망쳤다. 바튼 숨을 내쉬며 손과 다리를 움직이는 건 힘들고 괴로운 일이었지만 멈추지 않았다. 정지하면 때를 놓치지 않고 괴로움이 덮쳐왔다. 해결 불가능한 상념에 마음을 빼앗기거나 돌이킬 수 없는 일련의 기억을 복기하며 후회하고 싶지 않았다. 보고 싶은 존재에게 연락하고 싶은 충동이 일 때면 달음박질치며 슬픔마저 방전되도록 만들었다.

뛰는 목적이 다이어트였다면 핑계를 만들어서 미뤘을 테지만 나에겐 선택지가 없었다. 기억과 미련으로 얼룩진 마음으로는 아무것도 할 수 없었지만 살기 위해서 움직였다. 내 힘으로 바꿀 수 있는 게 없다는 무력감이 들 때, 눈에 걸릴 게 없는 탁 트인 전망으로 향했다. 아무것도 하지 않고 멈춰 있으면 손끝부터 발끝까지 굳어버릴 것만 같았다. 뜨거운 숨이 안경을 부옇게 덮고 코끝이 시큰하게 얼어버릴 만큼 추울 때 달리면 답답한 속이 풀렸다. 땀을 식히는 차가운 바람과 열기를 뿜어내는 육체의 상대적 온도차가 좋았다. 열기를 순식간에 덮는 찬기는 눅은 마음과 밀폐된 감정을 환기시켰다. 거풍하지 않은 마음엔 근심과 우울감이 낄 수 있기에 의식적으로 바람을 쐬고 햇빛을 마주해야 한다.

감정적인 면에서 힘든 것보다는 심신의 피로로 고민할 새 없이 잠들고 싶었다. a/s가 필요한 마음은 이성과 분리되어 작동이 제대로 되지 않았고 반복적으로 되뇌는 다짐이나, 이성적 계획은 아무런 힘이 없었다. 그 사실을 비교적 빨리 깨닫고 몸을 움직인 건 다행이다. 슬퍼할 기운마저 없을 때까지 달리는 건 마음을 회복하는 데 도움을 주었다.

뜀박질에 재능이 없어도 튼튼한 두 다리만 있다면 어디든 달릴 수 있다. 해답 없는 하소연으로 주변인들을 지치게 만드는 일이 없다는 것도 '마음이 힘들어서 차라리 몸을 고생시키기 위한 달리기'에 이로운 점이다. 어떤 이가 마음의 해우소를 찾고 있을 땐 상투적인 위로 대신 내가 달리는 이유에 대해 이야기한다. 나의 경험이 어두운 동굴을 통과하는 그 사람에게도 아픔을 단축하는 좋은 방도가 되기를 바라며.

마음 복잡할 땐 그 기억에서 도망치는 게 나약하다고 생각한 적도 있지만 정면으로 돌파할 힘이 없을 때는 한 걸음 물러설 수 있어야 한다. 중요한 건 상처를 인정하되 나를 잃지 않는 것이다. 괴로운 마음을 의연한 척 가장할 필요는 없지만 무력감에 자신을 방치하는 것도 옳지 않다. 더 강해져야 한다거나, 이겨내야 한다는 말로 나를 몰아세우지 않는다. 차라리 마음이 아니라 몸이 힘든 것, 가슴이 꽉 막히는 답답함보다는 목 끝까지 차오른 숨 때문에 호흡이 가빠지는 편이 낫다.

창백한 얼굴로 달리는 내게 친구가 왜 뛰느냐고 물었다.

"복잡한 마음에 잠겨 죽지 않으려면 달려야 해. 할 수 있는 게 아무것도 없다는 무기력에서 도망치기 위해 달릴 수밖에 없어. 그러니 너도 복잡할 땐 달려."

시간이 지나면 해결될 거라는 말은 기계적인 관형사같이 느껴졌고, 살아보니 그런 일은 별 것 아니더라는 첨언은 위로가 되지 않았다. 상투적인 말들은 나를 기만하는 가식으로 들릴 만큼 마음은 메말랐다. 그 시기를 통과하는 사람에겐 상대가 말하는 평온한 깨달음이 창 너머 생경한 풍경이다. 괴롭고 힘든 것도 한 철 바람이며 시간이 해결해 준다는 말에 위안을 얻지 못할 때 나는 친애하는 친구의 손을 잡고 함께 달려주겠다고 말한다.

이불 안에서 숨죽여 울고 있다면 빛이 들어오지 않는 방의 커튼을 젖히고 제일 먼저 따뜻한 햇살이 어두운 방 안을 비추도록 한다. 이불을 젖힌 뒤에는 마음의 그림자가 드리울 틈 없이 생을 느낄 수 있도록 미치게 달리자고 말하겠다. 복잡할 때 달리는 건 삶에 상비약과 같다.

머릿속이 복잡할 땐
물구나무를 서거나

단순한 반복 행동으로 마음을 비운다.
쌩~
쌩~

호흡이 가빠질 때까지 달린다.
나도 데려가…!

부드러운 손

놓치기 쉬운 부분도

신경 쓰고 돌보는 일.

부드러운 손

"조금만 참으면 네가 원하는 블링블링을 달 수 있어." 곁에서 독려하는 엄마의 음성이 들렸다. 아홉 살, 겁쟁이였던 나는 '블링블링'이라는 말을 되뇌며 화려한 귀걸이를 하고 있는 내 모습을 상상했다.

'귀걸이를 하면 1.5배 예뻐 보인다'는 말을 어딘가에서 듣고 바늘 총에 귓불을 허락했다. 바늘이 귀를 관통하는 통증을 견디고 난 뒤 예뻐질 미래를 희망적으로 그렸다. 예뻐질 수 있다면 아픈 것쯤은 참아낼 수 있을 만큼 미에 대한 관심이 많았던 시기, 7등신의 바비 인형에게 화려한 드레스를 입히고, 좋아하는 연예인이 나오는 드라마나 예능 프로를 보며 당시의 유행으로 미적 기준을 갖게 됐다. 그 기준을 잣대로 거울에 비친 내 얼굴을 보면 생각이 많아졌다. 어느 시기엔 이목구비나 얼굴형에 대한 불만을 가졌고, 변덕스러운 한 날에는 어제보다는 갸름해진 것 같다며 만족하기도 했다. 얼굴을 가꾸는 데 신경 썼을 뿐 다른 신체 부위나 주변 정리는 관심 밖이었다.

“얼굴만 번지르르하면 뭐해? 보이지 않는 곳까지 깨끗하게 관리해야지.”

내가 거울을 들여다보고 있으면 엄마는 비슷한 잔소리를 했다. 얼굴에는 스킨, 로션, 수분크림을 꼼꼼하게 바르면서 갈라진 발꿈치는 양말이나 스타킹에 감추고 깔깔하게 튼 손등에서 피가 날 때까지 내버려두었다. 책상 서랍이나 옷장에는 대충 접어 쌓아올린 옷가지와 크고 작은 물건이 규칙 없이 뒤섞여 있었다. 정작 필요할 땐 보이지 않는 물건을 찾아 온 집안을 헤집고 다녔지만 문제가 된다고 생각하지 않았다. 아이크림이나 화이트닝 크림엔 관심을 보여도 보습이 필요한 발꿈치나 손은 관리하지 않고, 필요한 물건은 그때그때 투덜거리며 찾는 불편을 감수하며 표면적으로 드러나는 최소한의 부분만 관리하는 척했다. 온갖 잡동사니를 옷장 안에 감춰두고 집 외관만 겨우 치우는 식이었다. 보이지 않는 부분이 중요하다는 건 나이가 들고부터 알게 되었다.

가까워진 지 얼마 안 된 친구가 선뜻 집으로 초대한 적이 있다. 정돈이 말끔하게 되어 있지 않으면 손님을 집에 들이지 않는 나로서는 즉흥적인 초대가 신성한 자신감으로 느껴졌다. 단정한 용모와 계획적인 업무를 처리하는 그녀라면, 생활 공간 또한 단정할 거라 예상했다. 불시에 옷장이나 수납장을 열어도 용도에 맞게 물건들이 잘 정리되어 있을 것만 같았다. 세탁기에서 실종된 양말 한 짝을 우연히 발견하는 나와 달리 친구의 집에는 짝 없이 방치된 양말은 존재하지 않으리라 생각했다. 예고 없는 초대를 먼저 제안한 그녀를 뒤따르며 괜스레 아침에 널브러뜨리고 나온 침대 위 옷가지가 떠올랐다. 생활 공간을 불시에 검열당한 것도 아닌데 마음 한구석에 찔리는 데가 있었다.

친구의 집에 들어서자 예상치 못한 냄새가 먼저 반겼다. 환기되지 않은 퀴퀴한 냄새가 풍겼고, 현관 앞에는 배달 용기와 상자들이 쌓여 있었다. 시선이 가는 곳마다 번잡한 세간살이가 얽혀 있어 몹시 어수선했다. 그녀의 말끔한 겉모습과 다른 집 상태는 예상을 뛰어넘은 반전을 선사하였고, 표면적으로 보이는 것과 실상이 다를 때의 간극에 능숙하게 대처하기엔 나의 기대가 너무도 컸던 모양이다. 집이 누추하지 않냐고 겸연쩍게 건네는 친구의 말에 괜찮다는 빈말은 차마 뱉을 수 없었다. 친구는 차를 타주겠다며 티 포트에 물을 채워 끓였다. 언제 씻었는지 알 수 없는 티 포트에서 뜨거운 수증기가 뿜어져 나오는 걸 보며 그 열기가 이 공간을 조금이나마 정화해주기를 바랐다.

기본적인 정리 정돈조차 되어 있지 않은 사적 공간을 보여준 것은, 나에 대한 극진한 신뢰의 표현으로 받아들여야 하는 것일까. 친구의 초대는 고마웠지만, 한편으로는 준비되지 않은 무방비한 상태로 나를 초대한 것에 대해 의문이 들었다. 그녀의 생활 패턴과 집 컨디션은 개인적 취향이기에 왈가왈부할 수 없겠지만 환기 되지 않은 집 안에 배인 음식냄새가 맞아주었을 때 느낀 당혹감은 잊히지 않았다. 표면적으로 근사해 보이는 것보다 중요한 게 무엇인지를 생각하며 지나온 나의 생활 반경을 되짚어보게 됐다.

집으로 돌아가는 길, 칼바람에 옷깃을 여미던 튼 손이 새삼 눈에 띄었다. 남들에게 어떤 모습으로 비춰질지 신경 쓰느라 사소해 보이는 일들을 등한시하였다. 세세한 부분까지 신경 쓰는 것을 주체스레 느끼면서부터 생활 전반에 허술한 빈틈이 생겨났다는 것을 알게 됐다. 내 삶과 생활은 남들에게 보이지 않는 부분에서 더 많이 드러난다. 예쁘고 멋있게 보이기 위해 노력하느라 작은 부분들을 반복적으로 놓치면 생활 전반이 조화롭게 유지하기 어렵다.

가령, 매일 볼일을 보는 변기의 청결이나, 스타킹에 감춰져 보이지 않는 발꿈치 또는 울긋불긋하게 터버린 손등 같은 것들은 내가 남들에게 감춰두었지만 실제 민낯이었다. 보이는 것 이상으로 보이지 않는 부분을 신경 쓰고 관리하는 건 중요하다. 지나치기 쉬운 부분에서 삶의 모양새가 여실히 드러난다는 것을 상기하며 나의 거친 발꿈치를 반성했다.

이제는 놓치기 쉬운 부분도 보물찾기 하듯 세세하게 신경 쓰며 돌아본다. 값비싼 옷과 가방으로 꾸미거나 훌륭한 인테리어 장식품을 집에 들인다고 해서 삶이 바뀌지 않는다. 크고 작은 변화를 만들고 싶을 때는 놓쳤던 나의 생활 반경을 점검해야 한다. 변기에 물때가 스며 있지는 않은지, 발꿈치가 거칠지 않은지, 건조한 손에 거스러미가 돋아나진 않았는지 살펴보는 것이다.

요즘은 화려한 화장이나 향수보다는 자연스러운 비누향이나 깨끗한 민낯이 좋다. 무심코 가방에서 꺼낸 책의 페이지를 아무렇게나 접어둔 것보다 책갈피가 꽂혀 있는 게 좋고, 악수를 건네는 손에 잘 다듬어진 깨끗한 아몬드 손톱과 부드러운 손등이 아름답게 느껴진다.

나의 미적 기준은 화려한 용모가 아니라 지나치기 쉬운 부분도 잘 관리할 줄 아는 부지런한 뚝심으로 바뀌었다. 보이지 않는 곳을 말끔하게 정돈하는 정결함이 더없이 좋아 보인다. 그것이 변치 않는 아름다움이라는 걸 알게 됐다. 그 유순함과 살뜰함이 만들어낸 분위기는 아무나 가질 수 있는 게 아니다. 잘 가꾸어진 부드러운 손과 정돈된 손톱을 보면 그들의 생활 공간을 자연스럽게 연상할 수 있다. 무심코 넘길 만한 곳을 섬세하게 관리하는 사람이라면 필시 머무는 공간도 정결할 것이다. 물건이 있어야 할 적절한 위치에 놓여 있는 말끔한 집을 떠올리며 건조한 손등에 핸드크림을 듬뿍 발랐다.

나도 부드러운 손을 가진 사람이 되고 싶어서, 보이지 않는 은밀한 곳을 멋스럽게 관리하려 한다. 그것이 진짜 나를 사랑하고 가꾸는 건강한 방식이라는 걸 이제는 알고 있다.

다른 이들이 보는 곳보다 내가 제일 먼저 보는 곳, 내가 많은 시간을 누리는 공간을 정돈하는 게 중요하다. 내 삶은 쇼윈도에 전시하여 사람들이 구경할 수 있도록 선보이는 상품이 아니며 오롯이 나를 위한 전유물이니까.

편의점에서
Drink
분명 알바할 때
입는 옷도 자주
세탁해서 입는
청년일 거야.
귀엽군…
음료를 열맞춰 정리하는
알바생을 보며 흐뭇했다.

보이지 않는 부분도
세심하게 신경 쓰고,
핸드크림
바를래?
좋아~
단정하게 가꾸는
사람이 매력적으로
느껴진다.
이 친구는
구김 없는 셔츠와
섬세함이 예뻐보여.

에필로그

사전을 뒤적이는 일은 책을 읽는 것만큼 즐거웠다. 머릿속에서 하고 싶은 말이 떠올랐지만 표현에 한계를 느낄 때, 추상적인 감정과 단상을 구체화하기 위해서 언어에 대한 이해가 필요했다. 사전을 통해 다양한 단어를 알아갔던 수고는 마음을 표상하는 퍼즐을 모으는 일이었다. 낯선 단어를 알아갈 때의 희열도 좋지만 더 큰 기쁨은 글자 속에 잠재되어 있던 뜻과 의미를 실제 경험을 통해 느끼는 일이었다.

이상보다는 일상을, 꿈보다는 현재의 욕망을 중시하는 나에겐 사랑, 영원, 신념, 헌신 등은 혼자 힘으로 감당하기 버거운 키워드였다. 실천하기 어렵거나 경험해본 적 없는 단어는 책의 한 단락에 검은 글자로만 남아 있었다. 뜻과 의미를 안다고 해서 그 단어에 대해 안다고 말할 수 있을까? 내가 진짜 안다고 말할 수 있는 단어에는 무엇이 있을지 고민해 보았다.

무력한 하루의 끝에 심신을 다독이는 한 마디를 통해 다정함을 경험했고, 애타게 보고 싶은 이를 떠올릴 땐 '기다림'에 드는 품과 열의가 과중하게 느껴졌다. 분위기에 맞춰 튀지 않기 위한 위선을 가장했을 땐 민낯을 내보일 수 있는 '솔직함'의 가치가 간절했다.

내 하루 속에는 세세하게 밝히기 어려울 정도로 많은 경험이 섞여 다채로운 향기를 풍겼다. 미래에 대한 불안을 잠재우기 어려울 땐 배우고 겪은 단어들이 고르게 엮여 기울거나 쓰러지지 않도록 마음을 붙들어 주었다. 내 삶에 중요한 가치를 이룬 단어들은 어떤 삶을 살고 싶은가라는 질문에 대한 답을 선명하게 드러날 수 있는 결정적인 퍼즐이 되었다.

생각은 막연한 미래의 불안을 저지할 힘이 없다. 고민과 계획은 뇌리에만 존재할 뿐 맞부딪힌 세상은 예상을 뛰어넘는 일이 허다하지 않던가. 오로지 경험을 통해 나라는 사람의 지반을 넓히고 몰랐던 것을 알 수 있다. 그러므로 내 삶에 필요한 단어를 찾고, 그 의미를 배워가는 절차는 중요하다. 거창하거나 대단한 무언가를 찾아 헤매지 않아도 괜찮다. 평범한 하루를 조금 더 행복하게 만들어주는 것들이면 된다.

나의 삶을 견고하게 만들어준 단어에는 생경한 경험, 쉼이 있는 집, 다정한 편지 등이 있다. 이 조각들이 단단한 나사가 되어 일상을 고정해 주었고, 바삐 흘러가는 시간 속에서도 놓쳐서는 안 되는 게 무엇인지를 상기할 수 있게 했다.

책에서 소개한 단어는 포스트잇에 정갈한 글씨로 적어 마음의 벽에 붙여두고 싶은 것들이다. 내게 소중했던 단어들이 당신의 삶을 돌아보는 계기가 되기를 바라며 나의 단어장을 선물한다. 이 책의 마지막 페이지에는 자신의 삶을 구성하고 있는 소중한 단어를 적어보기를 바란다.

더할 나위 없이 즐겁고, 행복한 삶을 구성하는 데에 생각보다 많은 것이 요구되진 않는다. 그간 걸어온 지표를 되짚어가며 이곳까지 오는 데 힘이 되어준 발자취를 발견하면 된다. 그 흔적은 내 힘으로 체득하고 배운 것들이다. 그 결정들을 하나씩 모아보자. 내가 중요하게 생각하는 키워드가 나를 살게 한다는 것을 느낄 때, 놓쳤던 행복을 길어낼 수 있다.

나를 만든 건
내가 사랑한
단어 였다

1판 1쇄 인쇄 2022년 5월 16일
1판 1쇄 발행 2022년 5월 23일

글·그림 라비니야

발행인 양원석 **편집장** 정효진
디자인 김유진, 김미선 **영업마케팅** 양정길, 윤송, 김지현, 정다은, 박윤하

펴낸 곳 ㈜알에이치코리아
주소 서울시 금천구 가산디지털2로 53, 20층(가산동, 한라시그마밸리)
편집문의 02-6443-8843 **도서문의** 02-6443-8800
홈페이지 http://rhk.co.kr
등록 2004년 1월 15일 제2-3726호

ISBN 978-89-255-7818-7 (03810)